U0721891

我在新加坡那些事

陈志清　著

UNITYPRESS 团结出版社

图书在版编目（CIP）数据

我在新加坡那些事 / 陈志清著. -- 北京：团结出版社，2024.3

ISBN 978-7-5234-0890-2

Ⅰ. ①我… Ⅱ. ①陈… Ⅲ. ①散文集—中国—当代 Ⅳ. ①I267

中国国家版本馆CIP数据核字(2024)第073677号

出　版：团结出版社
　　　　(北京市东城区东皇城根南街84号 邮编：100006）
电　话：(010）65228880 65244790
网　址：http://www.tjpress.com
E-mail：65244790@163.com
经　销：全国新华书店
印　刷：武汉鑫佳捷印务有限公司
装　订：武汉鑫佳捷印务有限公司

开　本：145mm ×210mm　32开
印　张：7.5
字　数：151千字
版　次：2024年3月第1版
印　次：2024年3月第1次印刷

书　号：978-7-5234-0890-2
定　价：88.00元

向极简主义文学大师雷蒙德·卡佛和极简主义产品大师史蒂夫·乔布斯致敬

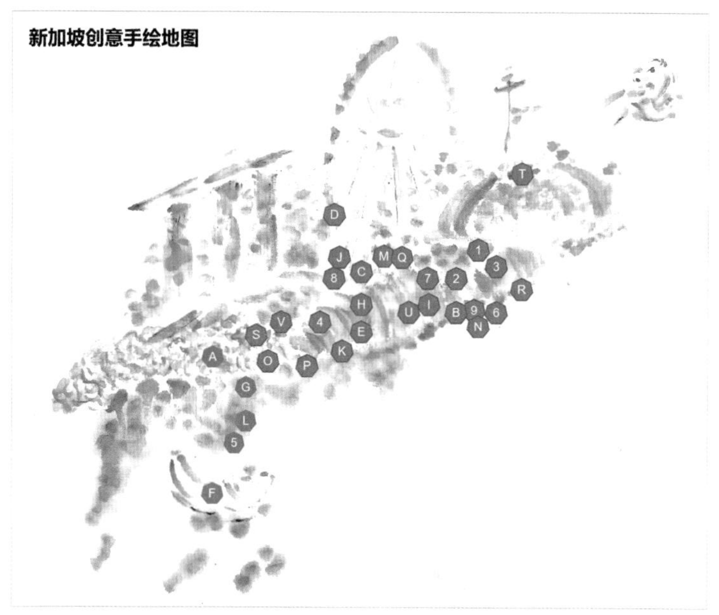

故事中涉及的地址大概位置：

1. 淡宾尼 22 街大牌 292

2. 勿洛、松昇超市

3. 淡马锡理工学院、The Tropic

4. 良木园酒店

5.Vivo City/ 怡丰城

6.Lagoon View

7.Bugis、武吉士高等法院

8. 中国驻新加坡大使馆

9.Woo Moon Chew Road

A. 金文泰

B. 东海岸路 / 新月吧

C. MDIS 多美歌校区、国泰大厦

D. TMC 学院

E. 克拉码头

F. 圣淘沙、嘉佩乐酒店、西罗索海滩

G. MDIS 皇后镇主校区

H. 市政大厦

I. 竹切路 200 号

J. 万家灯酒吧（Parklane)

K. 阿凡达酒吧、玛丽娜商城（Marina)

L. 花柏山、Jewel Box

M. 小印度

N. Goldlist Beach Resort

O. 牛车水、唐人街

P. Long Bar (来福士酒店）

Q. 实龙岗旅馆（Dream Lodge, Atlas)

R. 丹拉美那码头

S. 欧南园、布鲁克斯商学院

T. 巴西立

U. Kallang Riverside 公寓

V. 新加坡国立医院

故事中涉及的特色极简鸡尾酒调酒小技巧：

1. High Ball

世界上第一杯 High Ball，诞生于 1894 年美国波士顿的酒吧“Adams House”。酒保 Patrick Duffy 应英国演员 E. J. Ratcliffe 的要求，将苏格兰威士忌与苏打水混合，做出一杯“Scotch and soda”。High Ball 就是威士忌加苏打加冰。非常简单，威士忌赋予 High Ball 灵魂，苏打水让 High Ball 变得清爽。

作者把 High Ball 的喝法写入了多个故事中，作者最喜欢的配比比例是三分之一的黑牌威士忌兑三分之二的苏打。配比比例根据个人喜好，喜欢浓一点的可以多加点酒，喜欢淡一点的可以少加点酒。威士忌的牌子也有讲究，欧洲人更喜欢 Johnnie walker 的黑牌，日本人则是三得利角瓶。当然，也有用其他威士忌兑的，只是主流如此而已。文中还提到一个特别的小技巧：在 High Ball 中加两颗画梅，这就在清冽的 High Ball 中品出了一丝酸甜。加画梅的数量因人而异，喜欢酸甜味重的可以加三颗；反之，加一颗。如果条件许可，可以把小冰块换成大圆球冰，大冰难消融，丝丝入酒，能品出 High Ball 中更多层次感。

2. 金汤力

金汤力是历史最悠久的鸡尾酒之一，早在 16 世纪时，英国的驻印度军团饱受“疟疾”的危害，后来他们发现汤力水中的“奎宁”成分可以防止疟疾，但问题是汤力水的味道太苦了，于是军人们加入青柠和金酒，让它更好喝。

因为士兵的“酗酒”行为，疟疾逐渐被控制住。于是将其推广开来，这就是金汤力的由来。

金酒也叫杜松子酒，由玉米、麦芽等加杜松子香料酿造而成，纯喝带点药味和辛辣味，加入汤力水后，被气泡和苦味中和，合成一种独特的带着杜松子香的酸甜味。这也是作者最喜欢的鸡尾酒之一，在此书中多次引用。当前各酒吧中，最常见的配比是来自孟买的蓝宝石金酒配 Watons 汤力水加冰加两片柠檬。但作者在书中写的是来自英国的亨利爵士杜松子酒，这款酒价格稍贵，历史更悠久，杜松子香味中还混合了黄瓜和玫瑰的香味，喝起来味道更丰富。只是亨利爵士杜松子酒普及度不高，只能算是一款小众酒。

3. 新加坡司令

新加坡司令是由原籍海南岛的华裔酒保严崇文（Ngiam Tong Boon）于 1915 年发明的，当时他在新加坡的莱佛士酒店位于二楼的 Long Bar 做调酒师，应顾客要求改良金汤力鸡尾酒，调出了一种口感酸甜的酒，后来一炮而红。新加坡司令实质上就是在金汤力的基础上加入了白兰地，两款基酒的比例减少到一成，而加入更多的汤力水和冰，使风格更柔和，深得女士们钟爱。

莱佛士酒店历经一百多年，现在依然是新加坡最古老、最高档的五星级酒店，Long Bar 依然在二楼原来的位置，百年风霜，魅力依旧。Long Bar 是作者在书中故事“在劫难逃”中的主要场景，作者强烈推荐去新加坡旅游的国人，到莱佛士酒店二楼的 Long Bar 坐一坐，“踩着地板上吱嘎吱嘎的花生壳，喝着百年传承的新加坡司令，听着轻盈的英国乡村小调，品尝着空气中时间的味道”。

4. 新加坡之恋

作者在这里推荐的第四种调酒为新加坡之恋，这款鸡尾酒在历史上子虚乌有，属作者首创，名字取自书中同名故事。这款酒调制如同 High Ball 和金汤力一样简单：Absolute 原味伏特加 Yeo’s 柚子汁加冰。

调和伏特加，全世界最通用的果汁是橙汁，调和了橙汁后的伏特加基本上都是橙汁味，作者与室友们觉得没劲，就在新加坡东海岸附近的 Fare Price 超市买了十来种果汁来调试。当时伏特加用的是瑞典的原味 Absolute，而果汁是清一色的 Yeo’s，包括苹果汁、葡萄汁、桃汁、梨汁、柚子汁等。在同一配方的一众果汁调和中，Yeo’s 柚子汁调和酒大获全胜：Absolute 和 Yeo’s 都各领风骚，通过抢占对方的味道，从而形成独特的混合味道。Absolute 原味伏特加加 Yeo’s 柚子汁加冰，成了当年同住在东海岸的中国留学生不可磨灭的记忆，我们将它命名为新加坡之恋。

回国后，我曾尝试过用 Absolute 原味来调国内品牌的柚子汁，发现味道完全不对，买了数个牌子的柚子汁，风味各不相同，不是酒抢了果汁的味道就是果汁抢了酒的味道，都没有 Yeo’s 的那种简单清澈和特立独行。要想再喝到纯正的新加坡之恋，看来还真得再去新加坡了。

作者简介

陈志清，作家，工程师，海外文旅达人。新加坡管理发展学院 (MDIS) 和澳大利亚南十字星大学 (SCU) 硕士，旅居新加坡十年，曾为罗斯柴尔德家族旗下公司首席产品工程师，现居深圳，从事文化、文创、文旅等相关工作，出版图文散文集《僰道留声》《撒马尔罕向左、印度向右》，致力于打造文化与产品相结合的文创商业模式。

插画师简介

法殷洁，亦号水去先生，江苏武进人，作家，画家。

序

◎黄东和（老亨）

我主持睦邻文学奖十年，每篇参赛作品，我原则上都要看一遍。因为篇数很多，有些作品只能浮光掠影，浏览其大要，知道其大概；有些作品，其中有料，怕有遗珠，虽然读起来艰涩得很，但硬着头皮也要读完。最幸福的时候，就是读志清的作品，他的所有作品，我几乎都是一读开头就停不下来，能一字不漏地一口气读完，酣畅淋漓，不亦快哉！

志清很会讲故事。可以很自然地切入，很自然地展开，可以是很自然的生活日常，很自然的生活变故，完全循着生活自然的逻辑，丝毫没有异想天开的浮华做作。他擅长沉浸式叙事，却不拖泥带水，代入感极强，且总给读者带来意想不到的惊喜，让人欲罢不能。他的这种极简而丰的行文风格，当详则尽详，当止则遽止，睿智果决，我很是着迷。

志清的故事有内涵。从湖南老家的石山窝里，坐着火车，沿着铁路走出来，走到深圳，走到北京，走到新加坡，走到澳洲英伦，走向大千世界，这个乡镇少年的成长经历，是半个世纪来，偏居东方一隅的农耕文明向全球化时代的现代城市文明转型的具体而微的缩影。他如何读书，如何搵工，如何跳槽，如何晋级，如何找女朋友，如何安放身心，如何在异域他乡与或熟悉或陌生的世人相处，事事都要应付交代，处处都有走心的故事。

志清的故事之所以感人，不仅因为真诚，因为有细节，更因为他有发自内心的善良。文中的“我”，为了谋个好职位，一度也想弄个假文凭，假的要很真，真的要不惜代价，直到最后被骗，细节令人忍俊不禁，最后却促使自己真的走进了心目中的高等学府，完成了自己的教育升级。“我”对心仪的异性蠢蠢欲动，心思狡黠，却总是满怀深情，克己全人。“我”与在新加坡做女佣的印尼女孩一夜温情之后，克服压力，决定终身相守，女孩却不辞而别，忽然消失。“我”的体谅，竟是那样的悲悯。善良让人短暂失去，也让人升华到永恒。

展卷阅读《我在新加坡那些事》，24个故事，个个精彩，个个感人，个个充满睿智，个个值得一头扎进世界各地的当今中国人细读、静思。我们如何走向世界，如何适应世界，如何与世界相处，如何在这个世界上展现自己舒服的姿态，并且让这个世界接受和喜欢这种姿态，志清并不是最先走出去，也不是最先遇到和思考这些问题的人，却是留心思考、用心讲述，并且讲述得如此精妙的那个人。

睦邻文学奖能够吸引志清参与，引发他的持续创作，可谓值当。

（**黄东和**〔老亨〕深圳市深商研究会创会会长、深派文化学者、睦邻文学奖主持人）

前 言

我在想，我是什么时候迷上极简主义文学的。很多年前，我读哈金的小说集《落地》，里面语言精练，一个字都没有多余，开放式结局，让人回味无穷。我立刻喜欢上了这种文风。后面我又看了哈金的其他作品，却与这种风格相差甚远，心里不禁疑问连连，他是在什么样的状态下写出《落地》的呢？

直到后面我看到了雷蒙德·卡佛的作品，才知道卡佛才是真正的现代极简主义文学大师，哈金或许是在看了卡佛的作品后，心血来潮写下《落地》的。在文学枝繁叶茂的系统下，现代极简主义是一个很小的几乎被人忽视的分支，他们追求简约而不简单，用英文的说法就是 LESS IS MORE。美国人对卡佛的评价褒贬不一，有人说卡佛揭开了美国社会的伤疤。褒我就不说了，我认为贬才是真正对卡佛成就和影响力的认可，是卡佛那种简单的透露着淡淡忧伤的文字侵入人心的有力证据。文学就是要深刻，深刻到在你读的时候根本察觉不到他的深刻，但等到读完的时候，蓦然回首，深刻已然在心。卡佛的文字在这一点上的应用炉火纯青。但有意思的是，当被大众冠上极简主义标签的时候，卡佛本人却不认可，他认为他只是在用普通的语言在写普通的事物，并赋予这些普通的事物以广阔惊人的力量。

或有人注意到，我在卡佛的极简主义前面加了“现代”这个词，这是我自作主张提出的概念，因为我认为古代极简主义才是真正文学之简的巅峰，特别是中国古代的唐诗宋词，短短一首五言律诗，就刻画出一个宏大的世界，只是古人的世界太遥远，古人的成就后人已再难企及。这个话题太宽泛，文学界也根本不会以“简”作为文学分类的维度，我在极简主义文学前面加上“现代”两个字，纯粹是对古人的敬意。

从极简主义文学开始，我理解了极简主义绘画和雕塑、极简主义建筑和设计、极简主义音乐、极简主义生活、极简主义产品，所以当我看到乔布斯发布 iPod，我惊为天外来物，看到 iPhone 和 Mac Air 时也是如此。作为一个作家，我崇拜卡佛，作为一个产品开发工程师，我崇拜乔布斯。如果有人问我这辈子最想做的事业，我想，那就是创作一部极简主义的文学作品，设计开发一款极简主义风格的产品，向卡佛和乔布斯致敬。虽然有点鹦鹉学舌，但是我去做了，而且我还会持续做下去，因为有些事做着做着就会成为习惯，创作和开发都充满挑战，但我乐在其中。

目录

第一章　个中滋味

第二章 漂与泊

第三章 异域情缘

第一章

个中滋味

香 林

刚到新加坡那会儿，我英语不好，经常被同事们笑话。我原以为在新加坡会有好的英语环境，英语口语和听力自然会得到改善。我想得很美好，事实上，在这个以英语为通用语言的国家，华人占了四分之三，他们对中国人不说英语，只说中文。有时候，我也会被的士司机误认为韩国人或日本人，这样，司机只能跟我说英语了。可说着说着，他突然会问你从哪里来，我又不会撒谎，老老实实告诉他从深圳来。这时，司机会立马改了语言，用标准的中文指责我为什么不早说，似乎无故说了一大段英文就亏了什么似的。

为了更好地练习英文，我想了个法子，在 STOMP 论坛上放了个广告，招聘学生来做兼职，十元新币一小时，每天两小时，每周五天。工作内容就是陪我聊天，为了怕引起别人误解，我还特意说明原因，只是为了练习口语，工作地点是组层楼下居民休息区，一个让人放心的地方。

没想到这样一份工作，竟然真有人应聘，那是一个叫香林的女孩，她在读中二，十三岁。我约她晚上七点在我的住处——淡宾尼 22 街大牌 292 的楼下见，香林很准时，瘦瘦小小的个子，背着一个双肩学生包。她看到我时，很拘谨，我问她要不要喝水，她说不要，我便自作主张在隔壁的小卖部给她买了罐可乐，我们找了张没人的石桌坐下。香林还是很拘谨，她说她什么都不会，学习成绩也不好，不过她需要钱。

我问她："你中文和英文哪个更好？"

香林说："英文比中文好，中文只会说，读写都很差。"

我说："那就行了，英文好就行。"

香林一脸愕然。我解释说："很简单，我每次都会选一个主题，我们用英语聊天就行。"香林还似懂非懂，我拿出一沓资料，递给她一套，我自己一套，那是我从网上打印出来的《情景英语口语 100 主题》。我指着第一个主题——年龄，说："来，我们从这里开始，谈谈年龄有关的事。"

香林说："那你问我答吧。"

我便改成英语说："How old are you ?"

就这样开始了我的第一课。我们的"师生关系"很奇特，作为老师的香林更像学生，作为学生的我更像老师。我循循善诱地引导着香林说出关于她的故事，这些故事都与年龄有关，比如说她对小时候最早的记忆是什么，比如说她小时候发生过什么有趣的事，有哪些好朋友，家庭生活怎么样等。

我们花了一个星期才谈完香林这短暂的十几年人生历程。一个星期后，我对香林的故事已经了如指掌，我隐隐约约感觉这样做有些不道德，像狗仔队一样，滴水不漏地挖掘人家的隐私，但我不是故意的，香林是个寡言少语的女孩，只有这样，她才会滔滔不绝地开口说话。

香林家住勿洛，父母做小生意，在巴刹开了间杂货店，主要经营五金用具、配件及扫把、拖把之类的日常用品。香林还有个十岁的弟弟，在读小学。她的父母辛勤经营杂货生意，早出晚归。尽管生活辛苦，但一家人还算和睦。可不久后，她父亲突然爱上了喝花酒，常常和一班酒友在实龙岗那边的歌厅喝到醉醺醺才回家。父母也经常因此吵架。后来，她父亲就跟母亲分房睡，一共才两间睡房，父亲跟弟弟一间，母亲跟香林一间。和母亲住在一起，母亲总是唠唠叨叨，不但要管着香林的私人事务，不能玩电脑，不能睡太晚，不能看手机等，还要每天向香林诉苦，说父亲在外面有了狐狸精，狐狸精是从中国来的，在实龙岗的歌厅陪酒。其实香林心里清楚，母亲年纪越大，就越爱唠叨，斤斤计较，啥事都插手，父亲烦不过，就出去跟朋友喝酒解愁，没想到一发不可收拾。父亲破罐子破摔，觉得大不了就离婚，有了这一想法，他便无所顾忌。她母亲所说的狐狸精，也确有其事，那些年轻漂亮的中国姑娘，哪里是人老珠黄的母亲可以比拟的呢。她父亲这样做，的确不负责任，不道德。香林有很长一段时间不跟父亲说话，搬过去和母亲同住后，母亲的唠叨也让香林耳朵都生了茧，有时候香林实在忍不住，提高声音朝母亲吼叫。母亲便哭哭啼啼说她命苦，老公不要她，女儿不孝顺。香林头都大了，但她没办法，她才十三岁，需要有个地方住，需要有人给她负担生活费，需要读书，她没办法脱离这个家。

香林也管不了那么多了，放了学，宁愿在街头徘徊，也不愿早回家，以减少和母亲接触。她有时会赖在要好的同学家里，夜不归宿。母亲长吁短叹，说女儿随父，也跟着变坏了。香林不在乎母亲怎么想，她需要更多自己的时间。

有一天，香林在STOMP论坛上看到了我的广告，似乎看到了生活的光亮，她自己也可以赚钱、存钱。等存够了钱，就可以自己在外面租房子，逃离那个让她窒息的家，自给自足。于是，她联系了我。

我们的课程进展顺利，一个月内，已经谈完了四个主题，包括年龄、性格、相貌、朋友。香林跟我熟稔起来，不再那么拘谨，她甚至主动向我提出，是否能给她增加一个小时的工作时间。这对我来说有点为难，我收入不高，薪水才两千八元新币，房租就占去四分之一，要是再加上这笔预算外的开销，日子便会过得更加紧巴。但我还是答应了她，我不想让她失望，她太想早日实现自己的小小梦想——拥有一个完全属于自己的房间了。

有一段时间，香林总是精神恍惚，我问她，出了什么事吗？香林说没事。后来才知道因为时间增加，香林来回都很赶，经常顾不上吃晚饭，就饿着肚子上课，所以精神难以集中。于是我便在吃饭时，也给香林打包一份。第一次打包的是海南鸡饭，外加一罐可乐。香林看到晚餐，很感动，从背包里掏出几个硬币，要把钱给我，我不收，说孝敬老师是应该的。我这当然是开玩笑，没想到香林双眼已泪光闪闪。上完课，香林跟我说，以后不要给她打饭了。我问为什么？她说，她不习惯别人对她那么好，这会让她不自在。我说可以，但让她答应我一个条件，不能再饿着肚子来上课。香林答应了，我也松了口气。

我给香林的报酬是一天一结的，每天上完课，便直接给她三十元新币现金，这样做很麻烦，因为我得特意去换很多零钱。跟香林慢慢熟悉后，我们便一周一结，一周一百五十元新币。香林很看重这笔收入，她把一半的钱用来零花，一半存起来。三个月下来，她已经存了九百元新币。我们也已经聊了近三十个话题，我的英语口语进步明显，我很高兴，香林反而忧心忡忡，我问她怎么回事？她说，她很快就教不了我了，我很快也就不需要她了。原来她是担心这个，我安慰她说，不会的，每种语言都是学无止境的，我会一直跟她一起学习一起进步。我的许诺让香林安心不少。

日常话题聊得多了，有点无趣，我想换一些新鲜的话题，就找来一本剑桥中级商务英语，我学口语主要是为了商务应用，我觉得把教材换成商务英语会更好。我们谈的第一章是员工发展和培训，毕竟香林年龄太小，没有社会和工作经验，这些文章于她来说很陌生，我让她阅读那些拗口的句子，她很不自然地配合我的引导，一涉及专业领域，我们的身份便出现了错位，我成了老师，香林成了学生。

香林很不安，收了我的钱，却是作为学生的角色。我让香林放宽心，陪我学习本身对我就是很大一种帮助。在随后的一段日子里，我的话很多，香林总是很安静地听我说。这也挺好，对我加强口语更有作用。

那年夏天，公司半年度财报发布，效益很好，公司给每个员工增发一个月工资作为奖金。工资到账后，我一次性取了九百元新币现金，还奢侈地叫了一盒牛肉披萨，那是香林最喜欢的食物之一。上课时，我把九百元新币递给香林，告诉她我预付她一个月报酬，并把披萨递过去，说：“我们可以边吃边聊，吃不完就打包回去。”

我期望中香林兴高采烈的状况并没有出现，她只是默默地接过钱和披萨，一边吃一边听我说话，她只吃了一小块便说吃不下了。我只顾开心，并没有太注意她这段时间的异常。况且香林近段时间一直比较沉默，我并不以为意。

没想到这竟是我们见的最后一面。第二天，我照常在楼下等她，却一晚上都没等到，我给她打了无数次电话她却没接听，不停地给她发信息和邮件，都石沉大海。香林就这样在我的世界里消失得无影无踪。开始我很生气，以为香林贪图的是那九百元钱，对一个学生来说，这是一笔不小的数目。后来心平气和地回想了一遍，我才发现香林的异常从商务英语第一课就开始了，在新阶段的学习里，她找不到自己的存在感，于是选择了逃离。

如果时间可以重来，我一定会想办法突破香林的心结，让她能一直跟我一起学习，资助她，鼓励她，直到她考上大学，真正把握自己的人生。

不婚主义者

我和单娜关系特殊，我们都是单身，但单娜只愿做我的情人，她从一开始就申明她是个不婚主义者。单娜身材高挑匀称，长相甜美，笑起来时有两个酒窝，很迷人。许多男人巴不得这样，只要情欲不用负责，对男人来说，这是天大的好事。可我不这样认为，因为我爱上了单娜，一想到她随时可以不负责任地离我而去，我就心痛。我没法扭转她的思想，她铁了心不愿意结婚。

跟单娜一确定关系，我就在淡马锡理工学院附近的

THE TROPIC 租了间公寓作为我们的爱巢。我跟同事之间交往很少，他们也不喜欢探究人家的私生活，可以说，他们对我工作以外的事情一无所知。单娜有自己的住处，平日都回自己的家，只有周末才过来。她更不愿意让她的朋友同事知道我的存在，我们是彼此的秘密情人。

我倒不介意把她带进我的朋友圈，但她不喜欢和我的朋友交往。有好几次我提议让她退掉她现在的房子，给她节省一笔不小的开销，她也不同意。这些事都不能强求，只能随她自己。我一度怀疑她可能在国内有家庭，但经过我仔细观察和分析，她单身这件事千真万确。我不明白她为什么要这样做。

我们在生活中没红过脸，性方面也很和谐。有一次完事后，趁着她高兴，我提议让她干脆嫁给我算了，并保证一定会让她幸福。我不是开玩笑，我爱她。可她说，不要跟她谈婚姻，如果我的目标是婚姻，那她宁可早点分手。

单娜说得郑重其事，我便不敢再提结婚。无论未来什么时候分手，那都是未来的事，事已至此，把握好现在才是最佳的选择。等有了机会，我再去探明真相，争取更好的结果。

单娜在良木园酒店的客房部工作，良木园是新加坡最古老的五星级酒店之一，园林式的大院，欧式小楼，有一百多年的历史，据说接待过许多达官贵人。我有好几次经过良木园，都想进去看看，但始终没有付诸行动。我怕单娜发现，生我的气。

单娜除了对长久的关系敏感外，其他方面都很随和。我们的公寓在东部，远离她的生活半径，不可能碰到熟人，所以她毫无顾忌。我们会一起去超市买菜，她喜欢一手挽着我，一手提着购物篮，毫不做作。做饭时，她给我打下手，做些择菜、洗菜、淘米等简单的活，我则烧得一手好菜。征服一个人，先征服她的胃，这也是单娜委身于我的原因之一。吃完饭，我们从公寓后门去勿洛水库散步，那里天蓝水清，人迹稀少，又有一大片绿油油的草地，我们常在草地上嬉闹。在草地上铺上草席，准备些零食、饮料、书本和充电宝，我们就可以消磨一个下午。她有时调皮得像个孩子，毫无症状地就捏我一把，或是拉过我的手臂，咬我一口，是用了狠劲地捏和咬，我痛得哇哇大叫，去追逐她，用同样的力度报仇。她喜欢这样，对痛感有种异常的爱好。我们还常常一起去看电影、打网球和游泳。兴致好时，我们还会跑到最东部的樟宜码头坐船去乌敏岛骑自行车，骑累了，便在岛上唯一的度假村租一间钟点房对着海湾做爱。总之，我们是完美的一对，像夫妻一样恩爱，也像夫妻一样生活。

在很长一段时间里，尽管我的生活里只有她，她的生活里也只有我，但我没有安全感。我担心的事终于还是发生了，那次她回国探亲两周，在新加坡的手机关机，国内手机号没有告诉我，我焦虑得如热锅上的蚂蚁，无心工作，夜夜失眠，甚至认定她借此机会跟我分手。这种焦虑一直持续到她回来，我一见到她，眼泪就忍不住。我跟她说，我以为你消失了。看到我满脸憔悴，她像个犯了错的孩子，她说，以后回国会每天给我打电话。我对她的话不敢全信，我对她家里的情况也仅仅了解了个大概，只知道她来自上海，家境殷实，有一个弟弟，在北京读大学，仅此而已。如果哪天她真要走了，我没有一点能找到她的线索。

回国那次是我们关系的重要转折。她一直没跟我解释为什么不联系我，我也不便追问，越追问她越反感。在一段未来不明的关系里，谁先爱上对方谁就更被动。

工作日，单娜不来公寓，我常常浮想联翩，想象她失踪了，然后想很多找她的方法，比如说去她的公司找她要好的同事，或者直接去 MOM 申请查阅她的档案以求拿到详细地址，或者直接跑到上海公安局去查找一个名叫单娜的女人。周末单娜过来的时候，我也经常心不在焉，有一次做饭，竟然不小心放多了盐，炒的菜咸得无法入口；散步时，沉默不语；嬉闹时，她掐捏我，我却不再有兴致反击……我知道这不好，但我控制不了我的情绪。单娜注意到我的变化，她忧心忡忡地跟我说，你变了，变得没那么有趣了。单娜的话让我感到了危险。我说，我害怕失去你，真的很怕。单娜只是看着我，不说话，眼睛里闪烁着令人不安的光芒。我接着说，不要离开我好吗？永远都不要离开我。说完，我一把抱住她，紧紧地抱住。她柔软的身体在我怀里不安地抖动。她在我耳边喃喃地说，我早告诉过你，我们只是情人，你就是不听，你为什么不听话呢！

自从那次谈话后，单娜过来的次数少了许多。她跟我说，酒店调班了，她必须跟人家一样，周末轮流上班，不能有特权。我不相信单娜的话，我认为那是她的借口，她在故意疏远我。可我没办法揭穿她，如果揭穿她，她可能一次都不会来了。女人狠起心来比男人更狠。在后来许多无聊的周末里，没有单娜在身边，我只能一个人拿着网球拍，对着墙壁练习，一个人坐在游泳池边发呆，一个人去看电影，一个人去勿洛水库散步。有一次，我分神想到单娜，差点直接走入水库里。单娜偶尔也会过来看我，只是我们不再做那些令人激动的性爱游戏，也不再嬉闹，很多时候都是直接上床进入主题。我们都是年轻人，需要身体的发泄，可我不喜欢这样，我怀念曾经的欢乐日子。

我认为单娜身上一定发生了什么，特别是那段她回国的日子，不然为什么一次都不联系我，那是因为她心里有愧？我想找到答案。我选了一个风和日丽的好日子，去理发店做了发型，刮了胡须，换了一身干净的正装，把皮鞋擦得锃亮，提着一个空空如也的公文包，像模像样地走进了良木园酒店。

良木园大得让我惊讶，走廊曲折蜿蜒，从中心厅开始通往四面八方，主楼后面有花园，围着花园还有几幢白色的小洋楼。这样大的地方，我没法不惊动别人找到单娜。我返回中心厅，在大堂吧点了一杯咖啡，这里的咖啡十元新币一杯，比星巴克还贵。服务员把咖啡端上来的时候，我问她，请问你知道单娜吗？服务员摇摇头，说不知道。我说单娜是客房部的。服务员让我去问前台，前台对客房部比较清楚。我走到前台时，突然胆怯了，或者说头脑突然清醒了，如果我通过前台小姐找单娜，单娜下来见我，又能怎么样呢？我这样做，犯了单娜的大忌，或许见面的时候，便是我们关系终止的时候。前台小姐见我走过来，问我，有什么需要帮忙吗？我说，能告诉我厕所在哪吗？前台小姐往侧面的通道一指，告诉我走过去就能看到指示牌。我道过谢，朝厕所走去。

农历八月十五，中秋节，在新加坡也是一个大节。良木园每个中秋节都会制作大量的月饼，在各个商场搭台销售，这个百年品牌，在新加坡很受人欢迎。酒店销售人员不够，在节前一个月里，所有行政人员都必须选一个商场驻点。我知道这是良木园一贯的做法，单娜也因此忙得不可开交，我一个月没见过她了。中秋节当天，我不知道哪根筋出了问题，竟然跑遍了新加坡大大小小几十家商场去找单娜。我终于在中部的VIVO CITY的月饼区看到了她，她穿着酒店的制服，那是一套黑色的小西装，精神抖擞地指挥几个员工搬几个箱子。我站在不远处呆呆地看着她，内心很复杂。单娜处理完员工搬过来的箱子，朝我站立的方向抬起头，我躲无可躲，她看到了我，笑容开始凝固，脸色瞬间变得难看，她明显不欢迎我。我不敢去打扰她，转身离开。走了不远，我忍不住再次回头，想多看她几眼。我看到她正在接待顾客，在顾客面前，她依然笑容满脸，两个酒窝依然那么迷人。

我给单娜发了条信息，告诉她，我想见她。她过了许久才回，说晚上下班她会去我那。我就知道，我们在一起两年了，不可能说散就散，这一次小事故，只是我们生活中的小插曲。我准备了一瓶红酒，一盒冰皮月饼，把草席从杂物房里拿出来，擦得干干净净。今晚的月亮很圆很亮，天清气朗，很适合在水库边的草地上赏月。我想为我这段时间的行为道歉，并且告诉她，我想通了，不谈婚姻，只做情人我也愿意。

爱上一个不婚主义者，只能这样。

芸 儿

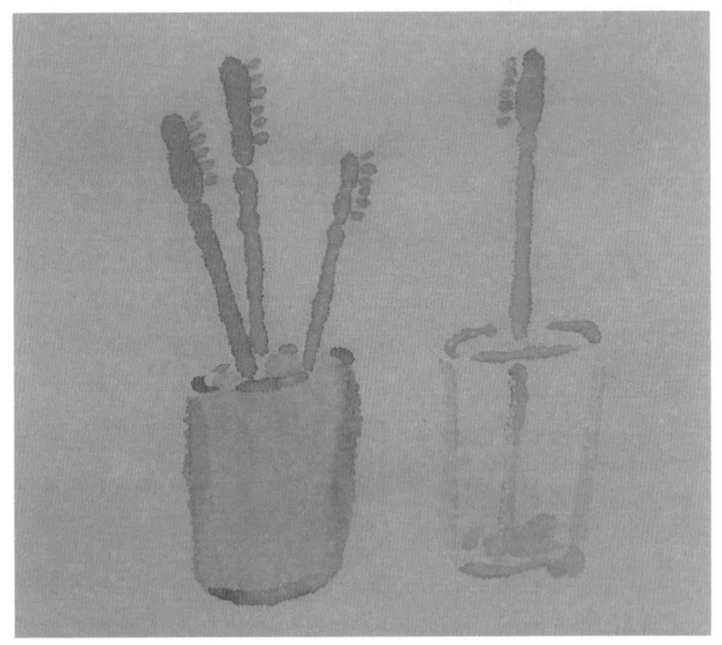

跟女友单娜分手那年，我深受打击。房子里到处都是她的痕迹，我决定换个环境生活，找间海边公寓，每天能看到大海，心情或许也会变好一点。新加坡是个岛国，四面环海，靠海的公寓不少，价格都偏贵，超出我的承受能力。不过运气还不错，通过狮城论坛，在靠近东海岸的 LAGOON VIEW 公寓，找到了一个便宜的房间，公共浴室，每个月七百元新币，包水电费。

我的邻居是一个三口之家，他们的房间面积稍大点，能放下一张一米五的大床和一张一米二的小床。父母睡大床，女儿睡小床。他们和我共用浴室。在浴室里，他们放了一个大篮子，里面放着一家人的洗漱用品。住得虽然简陋，但他们一家人的物品都摆放得整整齐齐。他们穿着也普通，然而很干净，看得出来，这是一个教养良好的家庭。只是不知为何沦落至此。我心里虽然好奇，也不便打听。各过各的，同一屋檐下，两不相干，旅居国外的中国人都这样。

他们的女儿十三岁，长得很清秀。我和他们一家住在一个屋里，低头不见抬头见，碰到时，做父母的总是会微笑点头，算是打招呼，母亲让我叫她冯姐，并告诉我她老公姓赵，叫他老赵就行，女儿叫芸儿，很好听的名字。和芸儿第一次见面时，她有些羞涩，不喜欢说话。过了几天，习惯了我存在，她面对我时，神情便自然了许多，但依然不和我说话。

冯姐夫妇工作都很忙，冯姐一般晚上六七点才回，老赵回来得更晚，有时八九点，有时甚至十一二点，周末也不休息。我猜不出他们的职业，可想而知，蓝领性质的工作可能性比较大。女儿在附近的勿洛中学读中一，早上去得早，下午三四点就回。到家后，便把自己关在房间里，除了上洗手间，基本不出门，直到第二天早上。

这种老式公寓隔音不好，除非故意压低声音，隔壁房间里正常对话我几乎都能听清楚。每天早上六点多，冯姐就起床了，替女儿准备早餐。做好早餐，才叫丈夫和女儿起床。住久了，她也知道隔音不好，所以尽量轻手轻脚，跟丈夫、女儿讲话也尽量轻声细语。她以为我听不到或听到也听不清，但事实上我的耳朵很尖，凝神去听，很多时候都能听出个大概。我不是故意的，我睡眠不好，早上又太安静，在静谧的环境里，声音的穿透力更强。老赵一听冯姐叫，马上就起来了。芸儿喜欢赖床，要叫几次才肯起身。他们一家吃饭时，冯姐喜欢劝饭，让她的丈夫和女儿多吃一点，说多吃一点才有力气干活。老赵总是嗯嗯地答应，一副老实听话的样子。可有一次，我听到老赵发火了，他大声说，我知道了，我想吃自然会吃的。老赵一发火，冯姐就不作声了。或许是怕我听到。

晚上，冯姐回到家，替一家人准备晚餐。老赵回家晚，冯姐会给芸儿带回一个蛋糕或那种一块钱一盒的马来糕点，让她垫垫肚子。冯姐做好饭，等老赵回家一起吃，一家人的晚餐通常在晚上十点才开始。有时老赵会喝一点白酒，一般是小瓶的北京二锅头，这种酒全新加坡只有昇菘超市才有卖，一百毫升十二元新币。老赵回到家，洗手上桌，从橱柜里掏出小酒瓶和一个小酒杯，倒出三分之一，盖好瓶盖，再放回去。老赵端着酒杯，啜一小口，润润嘴，然后一口一杯，毫不含糊，酒下肚，松口气。看喝酒的架势，便知他是个好酒之人。一杯酒，意犹未尽，冯姐见老赵嘴还馋，便劝老赵多喝一杯。老赵说，这里酒贵，尝尝就好，一口酒四元新币，在勿洛老巴刹可以买两份鸡饭了。冯姐说，烟酒都戒，难为你了。老赵说，这不都是为了女儿嘛。喝完酒，老赵坐下来吃饭，说话很少。但奇怪的是，我几乎没有听到过芸儿说话，她总是默默地吃，吃完了，就做功课，看书。除了吃饭，她一天到晚坐在她的小书桌前，非常用功。我还没有见过这样把全部时间放在学习上的学生。

芸儿每天早上七点半坐三十六路公交车去学校，这路车的终点站是勿洛地铁站，我也同样七点半坐这趟车去上班。按理说我们碰到的概率非常高，天天结伴也不为奇，可是我们没有碰到过。刚开始我不以为意，谁会去注意一个小孩呢！后来有一天冯姐要送她去学校开家长会，我和她们母女一同出门，我们一边走，一边聊了一会儿，才知道芸儿的出行时间和我一致。我奇怪地看了看芸儿，芸儿目光躲闪，我心里恍然大悟，芸儿是在刻意躲避我，她早上一直会倾听隔壁的声音，听到我离开房间，过三分钟，她才出门，这样，我们就恰好错过坐同一班车的机会。

芸儿为什么要躲避我呢？这让我很好奇。有一天早上，我故意推后时间，在房间里不出声，芸儿听不到声音，以为我趁她不注意走了。于是，她也背着书包开门出去，正好碰到我打开房门往外走，她看到我，愣了一下，便转过身，快步往楼道里走去。我跟在芸儿身后，没有去跟芸儿搭话，她看起来并不友好。我们走到公交站台，她站得离我远远的，面无表情。车来了，我们一前一后上车，座位也选得离我远远的，像一只受了惊吓的兔子。

从那以后，我不再做这样的事，我并不想让芸儿不安。每年六月是新加坡假期，一个月时间里，我注意到这个过分安静和乖巧的小孩一天都没有出过门。多乖的小女孩！却不想面对外面的阳光，像一只胆小的蜗牛，与世隔绝，整天把自己缩在壳里。我对这个孩子和这一家人产生了兴趣，想找机会了解他们的故事。

有一天，冯姐在打扫客厅卫生，那是我们的公共空间。这是个机会，我走过去给冯姐帮忙。冯姐说不用，说这是她的分内事。冯姐真是个好人，但我也坚持。冯姐便给我一块湿抹布，让我帮着抹抹桌子。我一边抹桌子一边问冯姐，芸儿呢？冯姐说在房间看书。这个答案不用猜我也知道。我继续找话题攀谈，我说芸儿这样用功成绩一定很好吧。做父母的都喜欢谈自己的儿女，冯姐也一样，芸儿那么用功学习，我以为她成绩一定很好。没想到冯姐长长叹了口气，说芸儿虽然很努力，但成绩一直上不去，上个学期竟然三科都不及格。

我问，为什么这样呢？

冯姐说，主要是语言的问题，在国内每次考试都是拔尖的，来了新加坡成绩降得厉害，这里课本全是英文的，老师讲课也全用英文。

如果只是语言问题，我想我可以帮忙。我对冯姐说，我周末没事做，可以帮芸儿补习英语。

话一出口我就有点后悔，这个承诺说不定会影响我自己的学业，我正在攻读硕士学位。

冯姐听了我的话，面露欣喜，但转瞬即逝，她说她很感激我能这么说，但他们付不起补习费。

没想到冯姐以为我想赚补习费呢。我跟她说，我们住在一起，也算一家人，不收钱。

冯姐说，那怎么可以呢！我们又拿不出什么像样的东西来感谢你。

看来不让冯姐付出点什么，她是不会接受帮助的。我灵机一动，说，那你请我吃油泼粉吧，每次看你做，我都想吃，不过不好意思开口。

我赞扬冯姐的厨艺，她很开心。说改日不如撞日，今晚就做，让我跟他们一家一起吃饭。

我答应了。随后我们又聊起曾经在国内的生活。冯姐把我当成了自己人，说话就没有了顾忌，原来冯姐和老赵来自西安一个国营军工机械厂，冯姐是会计，而老赵是车队队长，来到新加坡后，因不懂英语，冯姐挂靠在一家家政公司做钟点工，十元一小时。而老赵在西部裕朗那边的建筑工地做事。他们曾经在国内都有体面的工作，特别是车队队长，是个肥差，生活应该比一般人滋润，为什么会出国受这个苦呢？

“大家都说新加坡教育好，中西结合，双语教育，还不是为了女儿的前途。”冯姐说，“前两年还好，有点积蓄，在新加坡也能住得起大房子。没想到两年前我的腿疾发作，医生说要住院做手术，拖下去有截肢的风险。医生的话把我们吓住了，老赵坚持让我马上手术，没想到术后创口发炎，来来回回在医院住了两个多月，新加坡的医疗贵得离谱，我们又没有保险，积蓄就这样被掏空了。后来，我们只能尽量减少开销，搬到现在这个小房间，我和老赵做些力所能及的工作补贴家用和积攒芸儿的学费。”

“为什么不考虑回国呢？”我问道。

冯姐叹了口气，说：“当年出国时风风光光，这样子回国，让脸往哪儿搁？”

我明白了，很多时候，国人把脸面看得比命还重要。

这是我和冯姐说话最多的一次，在异国他乡大家都不容易，冯姐也需要倾诉，她当晚就给我专门做了油泼粉。说实话，那是我吃过口味最好的粉。冯姐在一边做，我在一边看，她先准备食材，选用的是小指粗的乌东粉放入一个大碗，把葱蒜剁碎，铺在粉条上，再加点姜丝和辣椒，然后切几片猪肉，煎一个鸡蛋，取两三片蔬菜叶和香菜也同时放入碗里，用筷子搅拌一下，让粉条全露出来。把食材准备妥当，那边煤气炉上一锅花生油已经被烧得滚烫，似乎再多一会儿就会冒出火花，这时候的火候最好。冯姐让我避开点，她端着锅的把手，把锅里的油均匀地浇到粉条上，粉条被烧得吱吱作响。不一会儿，油逐渐冷却，香气扑鼻。冯姐用同样的手法做了四碗，我和她家人每人各一碗。

吃饭的时候，冯姐跟大家宣布了我给芸儿做英文辅导的消息。老赵很高兴，硬要把存酒拿出来和我喝两杯，我一再申明不会喝酒他才作罢。芸儿没说话，只顾吃碗里的粉，似乎这件事和她无关，吃完她就回房间学习去了。冯姐说，这孩子，一点礼貌都没有。

周末很快就到了，冯姐夫妇照常出门工作，他俩的工作全年无休。我开始给芸儿补习，我让芸儿来客厅，这样空间大一点。芸儿不愿意离开她的小书桌。我只好自己找了个小凳子坐在她身边。芸儿手里拿了本书在看，我问她在看什么，她说是语文课本。我拿过来翻了翻，上面都是英文课文，课文下面配有生词生字，对生词生字的解释也是英文。这样的课本，不懂英文是读不进去的。冯姐和老赵英语都不好，只认识几个简单的单词，的确没法辅导孩子。我又看了看她的科学和数学课本，所有课本上面都是干干净净的，连折页的痕迹也没有。我才意识到，芸儿躲在房间里根本没看书，拿着书本只是在装样子。

我发现了芸儿的小伎俩，芸儿却无所谓。她的样子让我生气，我现在是她的老师，我可以表现得严肃一点。我问芸儿，你这是什么时候开始的？芸儿不说话，我以为她没听懂，解释说，什么时候开始装的？芸儿说，我不要你管。芸儿的语气中带着烦躁和不满，似乎她做的才是正确的事，而我是在剥夺她的权利。芸儿的回答，让我愤怒，一个十三岁的孩子，不应该这样冷漠。我提高音调，质问芸儿，你这样做，对得住你的父母吗？他们放弃了国内的一切，那么辛苦供你读书，而你却装模作样地欺骗他们。芸儿低着头，不吱声。我继续说，想想他们吧，为了他们，你也应该要努力读书，你是他们最大的希望，他们连酒都不舍得多喝一口，省出钱来给你买IPAD学习，而你把他们的辛苦钱不当回事，你不害臊吗？

我说得很严厉，希望能给芸儿一剂猛药，让她回心转意，用心读书。没有人跟芸儿这样讲过话，芸儿哭了。我意识到我的话太重了，毕竟她还是个孩子。我递给芸儿一卷纸巾，说，对不起，你好好想想吧，想通了，学习才能事半功倍。

我说完我该说的便回房了，没有再打扰芸儿，她已经是中学生，有思考能力，应该多给她一点时间思考。晚上，冯姐和老赵都提前回来了，他们急切地想知道芸儿的学习情况。我告诉他们，芸儿的基础很好，只要把英语这一关突破了，很快就能跟上同学的进度。我并没有说芸儿的任何坏话，说出来只会让他们更焦虑，语言关的确是成绩差的最好借口，芸儿其实很聪明。芸儿听到我没有告状，反而表扬她，看我的眼里有了感激。我做对了，芸儿有了感情表现，不再是冷冰冰的，这也是进步。

第二天周日，我也没有让芸儿学习，磨刀不误砍柴工，我只是问芸儿喜欢吃什么。她说KFC，我给她叫了一个全家桶外卖。芸儿吃得很开心，她说她以前经常吃，但近两年没有吃过了。全家桶要五十元新币，相当于她一周的生活费。冯姐有时候想买给芸儿打打牙祭，但芸儿坚持不要，说讨厌那些鸡脚鸡翅，太油腻，又上火。其实芸儿只是替她妈省钱，她其实是个懂事的女儿。我昨天错怪她了。我跟她说对不起。芸儿说她接受我的道歉，条件是让我不要跟她母亲提起她吃了KFC。我完全同意。我的努力有了突破，我感觉到了芸儿的信任。

芸儿上学时不再躲避我，我们一起走去公交站，一起坐三十六路车，她去上学，我去上班，我像个大哥哥，关心着芸儿。第二个周末，我们仍然没有开始学习，我买了很多芸儿喜欢的零食藏在我的房间，陪她吃零食，随心所欲地聊天。我想找到她抗拒学习的原因，只有找到了原因，才能治本。当我认为芸儿对我有了足够的信任的时候，我逐渐把话题往学习上引。我跟芸儿说，你有什么苦闷，都跟我说出来吧，我发誓，不告诉你的父母。芸儿很相信我，我上一周攻破了她的第一道防线，KFC和零食帮我又攻破了她的第二道防线。芸儿说，她讨厌自己成为父母全部的希望，她讨厌父母为她不惜一切地付出，她讨厌父母把她带到新加坡，她英语不好，同学们没人愿意跟她交流，没人愿意跟她做朋友，就算有人愿意跟她做朋友，她也不愿意和他们出去，一出门就要花钱，她没钱，她更不愿意让同学们知道她爸爸是建筑工人，她妈妈是钟点工……说着说着，芸儿哭了，哭得好伤心。她抽噎着说，她好怀念在西安读小学的日子，那时同学们都围绕着她转，她是同学们眼里的公主……

原来是这样！父母太过沉重的希望才是压垮她的最后

稻草。她还是个孩子，却背负着那么沉重的包袱，既然无力给自己松绑，那就破罐子破摔，撑过一天算一天了。可怜的孩子！我走近芸儿身边坐下，让她的头靠在我的肩膀上，芸儿需要一个依靠。我说，芸儿，相信哥哥，以后哥哥会帮助你，跟你一起面对和克服困难，哥哥就是你的好朋友。

芸儿终于接受了我的友情，我跟冯姐一家做了三年的邻居，那是我在新加坡住得最久的地方。在那三年里，我身兼多职，既是芸儿的辅导老师，又是她的哥哥，也是她的好朋友。芸儿的成绩大有长进，虽然不拔尖，但也在中间水平，考上理工学院应该没问题。而我的报酬，就是冯姐亲手做的一碗碗色香味俱全的油泼粉。那味道可真让人怀念。

文凭

我搬到东海岸后，总是一个人独来独往，虽然孤独，但与大海为邻，心情也不至于那么灰暗。曾经沧海难为水，除却巫山不是云。没有谁会在每次生活变换时都能像打了鸡血般斗志昂扬，人的精神一如既往地在走下坡路，少了激情，多了妥协。

深圳的朋友何莉给我打电话，她说有一个项目总监的工作机会，年薪五十万人民币，问我有没有兴趣。我正犹豫，何莉又说，你在新加坡都这么多年了，不想移民最好就早点回国。我说，让我想想。

挂了电话，我心里便一直在衡量，五十万人民币在新加坡也算是中等的收入了，但在国内，更高一层，等于一只脚跨入金领阶层。尽管如此，让我放弃新加坡的生活，对我来说也不是一个简单的决定。我想了一整夜，头晕晕的，突然记起我还有件重要的事情没问，便给何莉打了回去，我问她，项目总监需要什么学历和资历？何莉说，硕士，五年相关工作经验。我一听便泄了气，我一个专科生，现在做一个工程师，哪一样都不符合。何莉说，你傻呀，你在海外待了这么多年，简历想怎么写就怎么写，谁能查得到？

何莉的话让我心里一动，我想起《围城》里的主人公方鸿渐，他在海外混迹了几年，买了一张美国野鸡大学的假博士文凭，还不是顺利地混进了大学做了讲师？这个社会到处都是方鸿渐们，我又何必过于担心呢。

一想至此，我便告诉何莉让她等几天，等我准备好简历便发给她。何莉说，文凭方面需要我帮忙吗？她指的是假文凭。这事在国内比比皆是，随便一上街，不出几十米，准能发现电线杆或灯杆上贴着做假证的电话号码。我想，那些做假证的都是农村来的大叔大妈，这样的人做出来的假证哪能用得安心？于是我跟何莉说，不用了，我还是在新加坡做吧，做得真一点。

我在狮城论坛搜索关键词“办理毕业证”，果然一大堆办证者的信息就出来了，看来办假证也是一项国际化的需求，其中有一条信息比较吸引眼球，内容是这样的：

办理各种学历的毕业证，美、加、英、澳正规注册大学，与新加坡私立学院合作办学，学校官网可查学历，可申请新加坡律师认证和留学归国证明。联系人：QQ 2541****333。

除了三所政府大学外，所有私立学院都不能颁发本科及以上文凭。新加坡有上百所私立学院，都只能提供专科文凭，且办学质量参差不齐，对本科及以上的学历，私立学院都是和国外大学合作，新加坡提供学习场所，国外大学颁发文凭。对于私立学院的管理，新加坡推出了 EDU TRUST 认证，只有通过认证的学院才允许招收国际学生及开展国际办学合作。这种模式原本无可厚非，但也给许多野鸡学校提供了灰色空间。

我通过 QQ 联系上了办证的人，他给我开价新币一万五元一个，美国某理工大学学历，信誓旦旦说这证件真的可以在官网查询，可以去法院公证，甚至可以拿来申请移民。我一口气拒绝了，我不是不想，而是没有那么多钱。不一会儿，办证人又来了信息，他约我见面详谈，他说，他们什么都能做，全方位满足客户的需求。我说，我要做全套包括 MDIS（城市管理发展学院）与 SCU 合作办学的硕士文凭、律师认证、高等法院的认证及中国驻新加坡使馆的留学归国证明。MDIS 是新加坡最大的私立学院之一，而 SCU 是澳洲南十字星大学，是澳洲名校之一。这两所学校合作办学很多年了，我也常常见到他们在新加坡的广告，其文凭的分量肯定没问题。

办证人说去查一查。许久没动静，我以为他放弃了，正准备下线时他却来了信息，他说，没问题！ 文凭是 MDIS 的正版文凭和印章，留学归国证明是真的，都是靠关系从里面搞出来的。

我说，多少钱？

他说，五千元新币。

我说，那算了。

他说，最低四千元新币。

我说，还能少吗？

他说，你存心要的话，我们约个地方见面，价格可以谈，根据你的出价可以量身定做。

我想了想，四千元新币，如果真的办得像他说的那么真，也就当出一回血，反正将来可以赚回来。于是便答应了办证人在 NOVANA 的麦当劳见面。

办证人是一个小伙子，嘴上的绒毛还没有硬起来，年纪不超过二十，看起来虎头虎脑，说话却相当老到，感觉有点滑稽。他说他做这行两年了，让我充分相信他。我们开始谈一些细节，我问他，文凭真吗？

他说，当然啦，我们在 MDIS 有关系。

我说，那大使馆的留学归国证明呢？小伙掏出一张照片，那是他跟一个衣冠楚楚的中年男人的合影，小伙说，看到没有？这就是负责发证的王源参赞，我们关系好得很。小伙讲得头头是道，我疑虑尽消。眼前这个毛头小伙，在新加坡混得如鱼得水，月入几万，而我却得通过他的帮助，才能选择逃离，不禁让我觉得惭愧。

我说，那法院得自己去吗？小伙耸耸肩，说，我只能把你带到法院门口。

我曾经去过位于武吉士的高等法院一次。在脑海里想象了一下那里的庄严和宏大的气场，我不敢去冒那个险。不过我可以借机跟小伙子再还还价钱。于是说，我钱不够，法院公证和律师公证我都不要了，我只有两千五百元新币了，全给你，行的话就成交，不行我就走人。说完，我盯着小伙子，生怕他拒绝。

小伙子说，这样呀，我得跟我的老板讨论一下再回你。他掏出手机，走到麦当劳门外，叽里呱啦地说了五分钟。回来时，满脸喜色地告诉我，他老板同意了，两千五成交！

我喜形于色，终于搞定新工作的第一关，这样的文凭，大使馆证明，拿回国也有底气，比深圳街头那些廉价的文凭强了何止百倍。我把钱递给小伙，小伙数都不数就放进兜里，然后在一本收据簿上撕下一张收据递给我，说，大哥，我跟你一见投缘，就当交个朋友，成本价给你做了。你知道我前阵子做了一个女孩子的，和你的要求一样，只是多了一个律师公证，你猜一下我收多少？

我说，五千？

小伙说，八千！我吃了一惊。见我不信，小伙得意扬扬地从 A4 活页袋里掏出一叠资料和收据，我看到收据本上写着“今收到辛迪八千元新币”，资料页上夹了一张两寸照片，我惊讶地发现，那张笑意盈盈的证件照，竟是我曾经的室友辛迪。辛迪是个富二代，在国内没考上大学，父母把她送到新加坡读书，辛迪整天跟一班同学吃喝玩乐，派对不断，从来没见过她学习。新加坡学校宽进严出，考试通不过，钱再多一样毕不了业。辛迪挂了很多科，是肯定拿不到文凭的，我还一直替辛迪担心怎样跟父母交代，没想到她心里早就计划好了。小伙子简单地说了说他和辛迪的交易，一再强调辛迪是多么的单纯，说同样的东西，辛迪出的价比我的高了好几倍，像是他跟我做生意吃了很大的亏似的。

小伙子絮絮叨叨说着，嘴上还没长熟的绒毛跟着他的大嘴一开一合，我突然觉得眼前这个人是多么令人讨厌。

两个星期后，我拿到文凭和留学归国证明。准备把复印件发给何莉，却意外地发现文凭右下角一行小字里 MASTER 这个词少了一个 A，变成了 MSTER。那行小字是文凭的注解，证实该学生成绩，符合毕业条件。如果不细看，很难被发现，但我不能容忍这样的低级错误出现在如此重要的文件上，我立即给小伙子打电话要求他重做，小伙子一改平常友善的态度，说如果重做，必须再交一千元制作费。我跟他理论，说他这样是对客户不负责任。小伙子说，他给我的是成本价，如果重做，他也要重新付钱给学校，一千块没商量。我又急又气，口不择言，威胁要告他不诚信交易罪。小伙子冷笑一声，说，有本事就去告吧，谁先进监狱还不知道呢。说完挂了电话。我再打过去，他直接按断了。接着再打，打不通了。他把我的号码拉入了黑名单。

除了他的电话号码和 QQ 号，我对小伙子一无所知，当然不可能去告他，说要告他，那是气话。况且做这一行的，总有些黑道背景，尽管新加坡法治严格，在芽龙地区，还是不时有传出打打杀杀的事情，深究下去，我也担心我的人身安全。我只能认栽，花大价钱买来一张废纸，这是一个教训。

何莉在催我把文凭复印件扫描给她。经过这样一个插曲，我对回国求职已心灰意冷。我跟她说，我不回国了。她问我为什么？我说，我要攻读硕士，实实在在拿一个硕士学历。她问，你下定决心了？我坚定地说，是的。她说，好吧，祝你好运。

推掉何莉的推荐后，我申请了 MDIS 和 SCU 联合办学的工商管理硕士，面试很顺利，学校录取了我。四年后，学校在澳洲利斯莫主校区和新加坡 MDIS 分校分别举办了毕业典礼。我穿着硕士服，郑重地接过 SCU 的校长 Professor Peter 授予的学位时，不禁热泪盈眶，我终于可以堂堂正正地证明我的硕士身份。

回到家，我找到压箱底的那张被小伙子信誓旦旦保证过的假文凭，拿出来和我的真文凭做了对比，我哑然失笑，不用比，完全就是两回事，纸张不一样，签名不一样，连盖章都不一样。

过了几天，我拿着硕士文凭和成绩单去中国驻新加坡大使馆文化司做留学归国证明。文化司专门给留学生们在大使馆另一侧开辟了两间大房间办公，方便学生办证。我去的时候，房间里已经排起了长队，长队的尽头是一张简单的办公桌，桌前坐着一位面目祥和的中年妇女，她在给留学生们验证和签字。由于我之前在网上提前交了证书，所以中年妇女的工作就只是从文件篮里找到相应的留学生资料，签好名字还给留学生就行了。轮到我时，我报了名字，她抬头看着我笑了笑，找到我的资料，拿出一式两联的留学归国证明，她拾起桌上的签字笔，郑重其事地在空白处签下了她的名字：王源。

这时我也才知道，那个小伙子照片上衣冠楚楚官相十足的男人是个冒牌货。参赞王源还真有其人，她是个慈眉善目风度优雅的女人。

米 拉

每年快到年底的时候，我的工作都比较轻松，甚至无所事事。室友小胖总是鼓励我出去走走，交朋识友，他也带我参加过几次派对，教我些跟女生们搭讪的方法，可我生性腼腆，那些方法一个都没用上。小胖是个派对老手，经常能从派对上带女孩子回家，我只有羡慕的份，于是去了几次我就不去了，那是小胖的世界，不是我的世界，眼不见为净，我宁愿窝在家翻看 FACEBOOK，容易打发时间。

FACEBOOK 真是个神奇的网络，它把全世界认识不认识的人都连在了一起，在朋友的朋友的好友栏里，我看到了米拉的相片。米拉是个年轻的女孩，来自印尼爪哇，眼神清澈，剪了一头短发，看起来像个清秀的小男生。第一眼感觉挺好，我便加了她为好友，过了几天她才通过，看来她上 FACEBOOK 的频率并不多。

认识米拉后，我们并没有特别关注彼此。米拉偶尔会秀一下美食图片，或者和三五个朋友的自拍，她的朋友们也都是印尼人，有些还包着黑纱巾，她的这些朋友们又黑又矮，米拉在里面有如鹤立鸡群。每看到米拉发图，我都会给她点一下赞，举手之劳的事情，我觉得没必要吝啬。从米拉发布的位置信息来看，她都在东海岸路附近活动，我甚至认出她有一张照片背景就是我常去吃饭的食阁，这让我有些惊喜，再次去食阁吃饭时，我下意识地环顾四周，或许，那些排着队点餐的人里就有那个短发的清秀女孩。

我们在 FACEBOOK 上的点赞式交流一直持续了很长时间，直到有一天，我收到米拉的站内信息，她问我可不可以帮忙翻译一下文件。我说当然可以。她发过来一款某国内品牌榨汁机的中文说明书，不出半个小时，我就给她翻译成英文发给了她。她对我很感谢，我顺势问她有没有用 WHAT'S APP，她给了我一个笑脸，不一会儿，就把她的 WHAT'S APP 号码发给了我。

从 FACEBOOK 转移到 WHAT'S APP 对我们的友谊来说是一个很大的进步，我们的沟通迅速增多，我知道了她的职业和故事，她在 WOOMOONCHEW 路的一个华人家庭做女佣，照顾一位华人老太太。米拉来自爪哇中部的梭罗，那是一个古老的皇城。她在新加坡孤身一人，母亲在香港，也是做佣人，她和她母亲做佣人的收入每个月都要按时寄回梭罗，供她两个弟弟读书。她说她原来在勿洛养老院做护工，工资很低。后来碰到了现在的主人，愿意给她涨工资，于是就跳了槽。

原来米拉是个女佣，越了解米拉，我就越纠结是否要继续跟她交往。我宁愿她是护工，甚至清洁工，也不愿意她是女佣。一想到女佣，我便想到城市广场及附近的草坪上那些黑瘦的女孩子们，每个周日，成百上千，三个一伙，五个一群，整个区域都是女佣们的世界，她们一待就是一整天，穿着廉价的衣服，购买廉价的物品，享用廉价的食品。女佣们聚集的地方，也吸引了许多猥琐的印度劳工，他们目光敏锐，穿行在女佣堆里，寻找猎物，释放他们过剩的荷尔蒙。总之，女佣是这个国家里的最底层，只有处在同样底层的印度或孟加拉建筑工人们才把她们当回事。如果我和米拉交往，室友们、同事们和朋友们会怎样看我呢？我不敢想象。更不敢想象我自己也会成为被我和我的朋友们鄙夷的那些色眯眯的印度劳工。我不是个阶级主义者，认同人生来就是平等的。可现实里，我却不敢面对世俗的挑战。我退缩了。

我不再主动给米拉发信息，米拉发过来的信息我也不再及时回复。米拉是个聪明的女孩，她应该猜测到了我的想法，于是也减少了跟我的联系，我们将渐行渐远，我松了口气。

每年十一月开始，到第二年的四月份，是新加坡的雨季。

在此期间，每天都会有几场阵雨，淅淅沥沥，不停地敲打着海外游子的心，让人不由伤感。室友小胖和伟斌出去了，我一个人待在房间看书，时间过得很无聊，正当我决心出去找点什么事做的时候，手机响了，WHAT'S APP 有信息进来，我一看，吃了一惊，竟然是许久没有联系的米拉。米拉说，她的主人外出了，她有半天的空余时间，问我有没有空和她见一面。我握着手机，考虑了好一会儿，决定见一见米拉。我跟米拉说可以，问她在哪里碰面。没想到米拉说，她正在我家楼下。我拉开窗帘，果然看到一个留着短发，面容清秀的女孩在门廊下躲雨。

我赶紧跑过去开门，把米拉迎了进来。我穿着及膝短裤，简单的 T 恤，脚踏一双人字拖，一副懒散的样子。我没想到第一次跟米拉见面竟是这样一种情景，真实的米拉比照片上要瘦，皮肤没照片那么白，但五官比照片上更好看，雨丝淋到了头发，一副楚楚可怜的样子。我让米拉坐在客厅的长沙发上，给米拉倒了杯热茶。我问米拉为什么会在我家楼下？米拉说主人不在，她想出来透透气，走到街口就下雨了，在我家门廊上躲雨时想到了我。原来这样，我记起我们交换过住处地址，她住在 WOOMOONCHEW 路的主人家里，我住在相连的东海岸路，相距其实不到一公里。米拉的英语说得还算比较流利，不过带着很明显的印尼口音，并不影响交流。我有一搭没一搭地陪米拉闲聊，双眼却不停地瞟向门口，生怕小胖和伟斌突然开门进来。我一边应付米拉，一边思考着该怎样应对假想的情况。米拉气质还不错，跟一般佣人不同，我可以说她是我们印尼分公司的同事，小胖他们应该不会怀疑。

米拉看出我心不在焉，知道我在想什么，她主动提出去我房间坐坐。

我说，房间里只有一张床，没有椅子。

她说，那就坐床上吧，我不介意。

我也不介意，我并不是愣头青，知道米拉说出这话意味着什么。我把米拉带进我的房间，她看到我的浴巾挂在墙上，说要用它擦头。我说可以。米拉走过去，取下浴巾，就对着镜子擦起了头发，动作娴熟，像是在自己家一样自然。她背对着我，有着印尼女孩特有的翘臀细腰，曲线迷人。我已经管不住自己的理智了，此刻的米拉，对我来说，是一个迷人的女人，她是做什么的，跟她交往会有什么样的后果，都不再重要，我心里只有一个念头：我要她。我没有再犹豫，走过去，从后面抱住米拉，把她按倒在了床上。

我和米拉在床上消磨了整个下午，她依偎在我的怀里，像猫一样温驯。我打定主意，决定让米拉成为我的正式女友，我的收入相对比较高，有余钱支持米拉找到一份稍微体面一点的工作。她可以住到我的房子里，我们可以像夫妻一样过日子。小胖和伟斌刚开始肯定会嘲笑我，但日久见人心，他们也会接受现实的。况且这是我的私事，与他们也没什么关系。

米拉离开后，我依然沉浸在对未来生活的美好幻想里。小胖和伟斌回来时，看到我的样子，问我碰到了什么好事，我毫不保留，将和我米拉的故事以及未来的规划说了出来。小胖和伟斌都不约而同地笑话我想女人想疯了。知会他们是我的礼貌，我可不会理会他们的反对，不过我的做法的确很疯狂，人生这么漫长，疯几次或许也无妨。

我万万没有想到，事情并没有朝我想象中的方向发展。我和米拉失联了，WHAT'S APP 不回，电话不通，FACEBOOK 不再更新。我慌了，鼓起勇气跑去她的主人家，给我开门的是一个矮胖的印尼姑娘，她狐疑地看着我，我问她米拉在不？

她说，米拉回国了。

我问她米拉什么时候回新加坡？

印尼姑娘说，她不回来了。她看我不像坏人，便跟我大概说了一下米拉的情况，原来米拉父母给她相了个对象，男方在棱罗开了家小餐馆，收入可以养活一家人，于是米拉便回国嫁人了。

我难以置信，却不得不信，事实已不可改变。小胖和伟斌对我闹的这个乌龙笑话了好长一段时间，他们安慰我，说至少睡了一次，没有吃亏。我骂他们混蛋，他们反倒笑得更厉害了。

我心里难受，总是懊恼自己没有及早把握机会。好几次，我都瞒着小胖和伟斌，独自跑去城市广场，像那些猥琐的印度劳工一样，在印尼女佣堆里搜寻，希望碰到另一个米拉。尽管偶尔也能碰到一些女人们挑逗的目光，那些女人黑胖臃肿，我总是落荒而逃。我这才明白，米拉只有一个，我的世界再也不会有另一个米拉。世上并没有后悔药吃，我只能无奈地接受现实。过了好几个月，这件事才在我心中慢慢淡忘，米拉的形象也逐渐变得模糊，我把她密封在心底的一个角落。

后来，我申请了 MDIS 的硕士课程，我的同学莫文是一个中国新移民，他和妻子雪莉勤奋节俭，好学上进，他们买了一套政府组屋，生了个大胖儿子。莫文总会跟我说他闯荡新加坡的故事，说起十多年前，他才拿二千多元新币一个月，而雪莉在一家小作坊打黑工的工资也才八百元，日子过得紧巴巴的。十多年来，一步一个脚印，现在莫文已经升了好几级，职位是首席工程师。而雪莉凭自己的努力拿到了国际注册会计师执业资格证，在一家大公司做会计，收入不菲，他们因此步入新加坡中等收入阶层。忆苦思甜，莫文说这些经历时很自豪，他有这个资格自豪。他看不惯我的大手大脚，总是告诫我要节俭，好好地在国内物色一个对象，带到新加坡来，像他一样，努力奋斗，落地生根。这些话当时我都能听进去，但漫长的奋斗却让我望而却步，况且，我也没有信心能找到像雪莉一样坚忍而能干的妻子。

不管在学习上还是生活上，莫文都很照顾我。圣诞节到来之前，我特意买了一盒良木园的点心送给莫文。作为回礼，莫文请我平安夜去他家做客，一起喝酒过节。我也想认识一下雪莉，那个从黑工做到会计师的女强人。要知道，在新加坡，作为一个英语为第二语言的中国人，拿到国际注册会计师证是多么不容易。

莫文的家在西部的金文泰，是一座新型的公寓式组屋，我到达他家后，莫文夫妇带着一岁大的孩子在门口迎接我。雪莉穿着长裙，漂亮优雅。进屋后，莫文带我参观他的房子，四居室，西式的装修，简约清新。看完房子，我们便在客厅的沙发上落座，雪莉已经把茶倒上，抱着孩子和莫文一起陪我喝茶聊天。厨房里，一个佣人在紧张地忙碌着准备晚餐，一阵肉香从汤煲里传来，让我食欲大开。我跟雪莉称赞佣人煲汤的技术。雪莉说，她的工人叫瑞莎，来自印尼棉兰岛，是个新手，有些笨手笨脚。新加坡人叫佣人都是叫工人，雪莉也不能免俗。她说她手把手教了瑞莎一年，瑞莎才学到对煲汤火候的把握。不过她也称赞瑞莎很勤快，每个月五百能请到这样的工人算是不错了。

一个月才五百元新币？我有些惊讶。

雪莉解释说，印尼工人五百，菲律宾工人六百，这是市场行价。如果听话，活也做得好，月底他们会额外给三十元奖励。

我一个月工资五千六元新币，尽管薪水仍然比莫文夫妇低，但比瑞莎高十多倍。我可怜瑞莎，五百元新币，只够在外面好一点的餐馆吃一顿饭。雪莉看穿了我的心思，说，你不要觉得她们赚得少，她在新加坡的收入已经是在印尼的好几倍。而且我们包吃包住，她平常也没什么花钱的地方，每个月的工资都是纯收入，她自己很满足。雪莉这么一说，我也就释怀了，每个阶层都有每个阶层的活法，新加坡人不也是一样可怜我们这些外来务工者？

我们随便闲聊了一会儿，饭菜做好后，瑞莎小心翼翼地一个一个把盘子端上饭桌，布置好每个人的餐具和酒水。便过来招呼我们过去吃饭。我首次看到瑞莎的正脸，她五官端正，围着围裙，身材矮小消瘦，皮肤黝黑，手上有很多厚茧，一看就是做惯粗活的农村女孩，不过看起来还很年轻，廉价的装束和恭敬的态度掩盖不了她身体里的青春活力。我不禁多看了瑞莎几眼，想起了我很久以前有过一夜情缘的米拉。

莫文夫妇见我站着不动，便热情地拉着我去饭厅入座吃饭。我看到只摆了三套餐具，便问雪莉，瑞莎不跟我们一起吃吗?

雪莉说，她在厨房吃饭。

雪莉的回答让我有些不自在，我问雪莉是否可以请她过来和我们一起。

雪莉说，可以，只要你不介意，不过她不会来的，她刚来时我们也叫过。

我说我去试试。我走进厨房，看到瑞莎正蹲坐在一个小矮凳上吃面，面汤上有几块肉和蔬菜叶子，跟我们餐桌上的丰盛对比鲜明。我用英语说，瑞莎，过来跟我们一起吃吧。

瑞莎恭敬地回答说，先生，谢谢你的好心邀请，但我还是待在这里吃好一点。

我说，如果我坚持让你跟我们一起吃呢?

瑞莎奇怪地看了我一眼，以前没有人跟她这样说过话。但她依然礼貌地拒绝了我，她说她习惯了一个人吃饭，待在厨房自在一点，希望我不要勉强她。

她的话让我有点心酸，我说，好吧，我不勉强你。

我返回客厅，莫文夫妇微笑着迎我入座，不用问，他们早知道结果。这时，我才理解米拉为什么决定回国，在印尼爪哇岛那个叫棱罗的小城，她有她的家人，或许还有一两个客人，围桌而坐，吃着家乡的食物，喝着家乡的酒，说着家乡的语言，谈笑风生，共度佳节。她再也不用一个人待在厨房吃饭，这才是米拉应有的幸福。

又见米雪儿

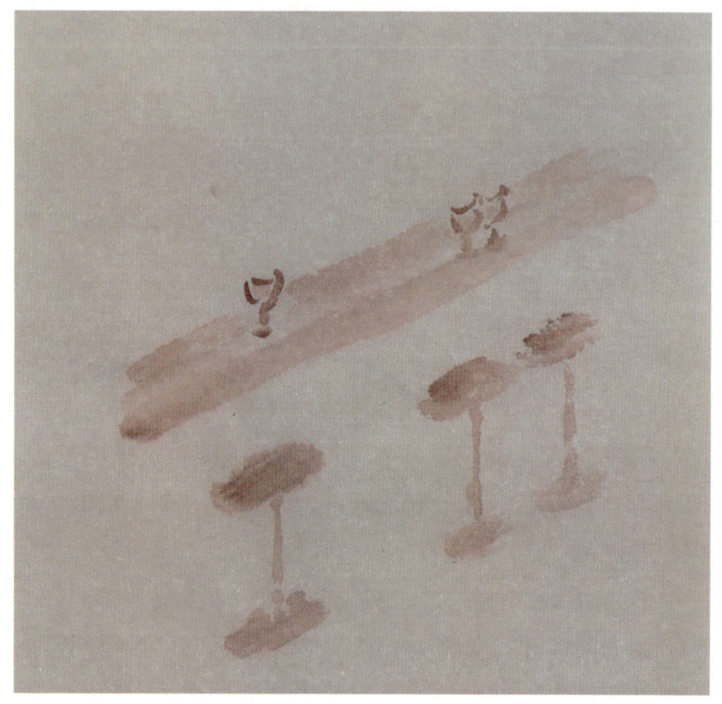

那天我在东海岸路散步，看到一个穿碎花短裙的年轻女孩，五官清秀，眼睛明亮，眼神如山泉般纯净。我跟着女孩走了很长一段路，看到她走进了一家叫“新月”的餐吧。餐吧位于路边排屋的最末端，再过去就是一小片草地，越过草地是通往市区的大马路。那家餐吧在外面走廊也搭了棚，设了几张台，卖自酿的啤酒，入口爽滑，很有特色。

我走进餐吧，叫了一品脱啤酒。一品脱十元新币，

HAPPY HOUR 半价，不算贵。我坐在靠街的高凳上，一边喝酒，一边打量这家餐吧。时值下午三点，客人不多。女孩进了吧台后的一个小门，再没出来。我猜她应该是这家餐吧的服务员。

晚餐的时候，我鬼使神差地又走进了新月餐吧。终于再一次看到了女孩，女孩换了黑色的工作服，发髻高绾，正在给客人点餐。接待我的是另一个侍者，捧着菜单跟在我身后。我还是选了那个靠窗的位置，叫了啤酒，一碗肉酱意粉。女孩没给我服务，让我有些失望。食物没上来之前，我一直用手敲打着桌面，眼睛随着女孩忙碌的身影转悠。这个餐厅有四个服务员，我一边吃意粉和喝啤酒，寻思着找个机会认识女孩。看到女孩从我身边走过的时候，我抓住机会，朝她招手 。

女孩问我需要什么?

我说，再来一杯啤酒。女孩奇怪地看了我一眼说，好的。便去下单取酒。

我看看自己手中的杯子，第一杯才喝一半，又要叫一杯新的，着实有些奇怪。但我只想找机会和女孩说话，没考虑那么多。从女孩英语的语音来看，排除了她是新马本地人的可能。另外，我在女孩胸前的铭牌上看到了女孩的名字：米雪儿。这就是收获。

我成了新月的熟客，下班后通常都在新月吃饭，周末我也会去那里喝酒。那里的啤酒好喝，很多人慕名而来。有时候米雪儿会招待我，有时候是她的同事。我没法指定由谁来招待我，这种情况让我在新月就餐时就会有两种心情，如果是米雪儿招待，我的心情明显要好一些。跟我熟悉后，米雪儿不忙时也会跟我说说话。我没想到，米雪儿竟然来自胡志明市，她是越南人。我对越南女孩的印象仅仅局限于在竹切酒吧里那些浓妆艳抹的陪酒女孩。没想到米雪儿是如此不一样，像一朵在污泥里绽放的白莲花。

由于周末喝酒的客人多，新月会延长营业时间到十二点。我无所事事，每晚定量四品脱啤酒，一直可以喝到新月打烊为止，能见到米雪儿，能碰到各种各样的酒客，比一个人待在房间有趣多了。有一次，我碰到一群豪放的酒客，他们是印度人，不喝啤酒，只喝洋酒，酒量很好又热情。其中有一个小伙子，一边喝酒，一边在有限的空间里载歌载舞。他的欢乐感染了很多客人。看到我单身一人，把我也拉入了舞池。酒壮人胆，我也放开心情，和小伙子一起闹腾。小伙子见有人响应他，跳得更起劲。一曲完毕，他要跟我喝酒，从他们的桌上拿了两个大酒杯，倒了满满的威士忌。他一口干完了一杯，把另一杯递给我。我说，我喝啤酒。他说不，是男人就干了。他目光炯炯地盯着我，其他人一个劲地在旁边起哄。我经不住他们的鼓动，接过杯子，学小伙子一样，一口而干。小伙子大声叫好，一把把我拉过去，又跳起舞来。我头晕眼花，口干舌燥，肚子里咕咕作响。我意识不妙，赶紧推开小伙子，跑到外面的草地上，哇地一声，吐了一地。刚吐完，又一阵眩晕袭来，我的身子渴望一个依托，便不管不顾地往草地上躺了下去。

躺在草地上，身子一晃动，感觉就开始天旋地转，整个世界都在颠来倒去。身体一静止，世界也跟着静止了。草地上那些尖硬的杂草，扎穿了我的衣服，刺弄着我的皮肤，又痒又难受。可我管不了那么多，让自己尽量像死人一样一动不动，这样舒服一点。那个小伙子见我久久不回，便出来查看，见我躺在草地上，问我怎么样？我说没事，躺一会儿就回去。他蹲下来，尝试要扶我起来，我连连摆手，说，不用，不用了，我一动就难受，要躺一会儿。他估计我一时半会儿站不起来，嘱咐我小心，便进去和他的朋友们喝酒去了。他走后，不一会儿，我在草地上沉沉睡了过去。

也不知道过了多久，我突然醒来，是被人踢醒的。围在我身边的是一群白人青年，他们是一群恶棍。其中有一个人在用脚踢我的腰，确认我是不是醉死了。还有一些人在旁边嬉笑着说，这是一个中国醉鬼。我怒了，想爬起来，却发现头更重，地更旋。无奈又躺了下去。那人见我爬不起来，又提起脚要踢我。正在这时，一个尖锐的声音从路边响起，住手！你们住手！他是我朋友！那声音是如此熟悉，听得我热泪盈眶。不用看我也知道，那是米雪儿。她和同事们刚下班，看到这一幕，制止了那伙人的恶作剧。

米雪儿赶走了那伙人，蹲在我身边，问我能不能起来，她要给我叫出租车载我回去。我说，不要，我不能动，一动就要吐。她说，你也不能在这里睡一夜呀！我说没关系，这不算什么！我故作轻松。她站起来拍拍手说，不行，我得想个办法。她把她的同事招呼过来，叽叽呱呱讨论了一会儿，便一起回到餐吧的门廊处，把已经锁好的桌子开锁，把三张桌子并在一起。然后，米雪儿走过来，用手端起我的头，让我的头靠在她的怀里，另两个女孩抱着我的腿，她们三个女孩子齐心合力把我抬到桌子上，再用几把椅子叠起来抵住，免得我滚下去。做好一切，米雪儿跟她的女伴们说，好了，这样他会舒服点。

米雪儿她们走后，我晕沉沉地再次睡着了。我做了个梦，梦见我和米雪儿都躺在绿油油的草地上，我侧着身子，把头整个儿靠在她的怀里，那里真柔软、真温暖。

我再次光顾新月已是一个星期后的事，那次醉酒，我过了整整一个星期才恢复元气。我只点了沙拉和果汁，米雪儿招待我，我向她表达了感激，并诚心邀请她吃晚餐。米雪儿婉拒了，她说是她应该做的。我不能强求，只是再次表达我的感激。

我又恢复了以前的习惯，没有什么特别事的话，都会去米雪儿的餐厅吃晚餐。只是我不再酗酒，周末也一样，以前定量的四品脱减少到二品脱，浅尝辄止。我又有几次提出请米雪儿吃饭，她都没同意，她有她的原则，在她眼里，我只是她的客人而已。我明白她对我没感觉，我追求她是痴心妄想，她一丝希望都不给我。我没有希望也就没有了邪念，相处起来反倒自然多了。这样也好。

那天在多美歌校区上完课，天下起了雨，同学杰伦见我在躲雨，说可以顺路送我回去。我在班上沉默寡言，很少和同学交流，竟然不知道杰伦家也在东海岸。杰伦开一辆沃尔沃越野车，外形普通，性能卓越，奢华而低调 。在回家的路上，杰伦谈性很浓，他跟我说，他继承家业，经营一家废品公司，做废品回购和处理生意，特别是废旧汽车的回收处理。这是一个大有可为的行业，但家族式管理限制了公司的发展。他希望把企业做大做强，才报读这个企业管理专业。

新加坡汽车实行 COE (Certificate of Entitlement) 政策，一张 COE 有效期十年，全部由竞价方式发行，近期价格在五万到七万新币浮动。换句话说，你买一辆新车后，还得花至少五万币买十年的上路权，十年后，车辆就要报废。车龄十年以上的车也可以申请延期，但需重新购买 COE，税费和保险相应提高，很不划算。所以在新加坡，很少有老旧汽车上路。这样的政策催生了一个巨大的汽车回收行业。他们把这些在新加坡报废，车况仍然优良的汽车回收，销往周边第三世界国家。杰伦家原来只做些传统的废旧家电等废品回收，20 世纪 90 年代初，COE 政策执行后，杰伦的父亲发现了这里面巨大的商机，把主业改为汽车回收，赚了不少钱。杰伦子承父业，理想更宏大，他想把这块业务国际化，立志成为连接欧美发达国家和第三世界国家之间的桥梁。

杰伦是个自信的男人，有钱、有事业、有理想又上进。他有理由自信，自信的男人魅力十足。我给他在具体经营上提了些中肯的意见，杰伦觉得很不错，他意犹未尽，说请我吃饭，继续聊得深入一点。他认为我的建议对他有帮助，甚至说毕业后，让我也去帮他工作，一起实现他的国际化梦想。

我很乐意帮助我的同学，但让我投身废品行业，我还没有考虑过。我把杰伦带到新月餐吧。米雪儿笑眯眯地跟我打招呼，给我们引座和点餐。我给杰伦介绍了米雪儿，说米雪儿和我是老朋友。米雪儿笑着说，老客人还差不多。米雪儿给我们点好菜，便去接待别的客人了。

我跟杰伦说我喜欢这餐吧，是这里的常客，这里的啤酒很好喝，我向杰伦推荐了这里的自酿啤酒。杰伦喝了一口，连声赞叹，说这是个好地方，不但酒好，人也好。杰伦是人精，他看出来我对米雪儿有意思。他直接问我们的进度怎样？我实话实说，告诉他米雪儿对我一点都不买账，甚至告诉了他我的醉酒故事。杰伦劝我不要放弃，说米雪儿是个好女孩。

买单时，米雪儿把账单递给我，杰伦从我手里夺过账单，把单给买了。还给米雪儿留了一张大额现钞做小费。米雪儿说不能收这么高的小费。杰伦说，那是替他的兄弟感谢她。米雪儿说，那她更不能收。杰伦说，客户就是上帝，客人的要求不能违背。杰伦这话似乎有道理，在米雪儿还没有回过神来回应时，杰伦已经拉着我走出了店门，跨上了他那辆停在路边的沃尔沃。

我和杰伦后来又去了几次新月，米雪儿接待我们时，第一句总是告诫我们不能给小费，说杰伦那次把一年的小费都给完了。我和杰伦都笑得合不拢嘴。我喜欢和他们俩在一块的时光，可惜好景不长。我和房东闹不和，决心搬去淡滨尼，那边离我上班近一些，我可以不必很早就起床。我搬家的那天，去新月和米雪儿告别。米雪儿让我别忘了她们，常过去坐坐。我离开新月，感觉米雪儿客套多过于朋友之情。其实我心里清楚，我和米雪儿根本谈不上是朋友，我们没约过一次会，说是朋友或许只是我的一厢情愿罢了。

搬到淡滨尼后，到东海岸相距甚远，去新月的次数就少了。偶尔去一次，也只是想念那里的啤酒和米雪儿的笑容。后来由于工作关系，我出了一次长差，回来时已经是半年以后。我选了个周末，特地去新月吃晚餐喝啤酒，计划消磨一个晚上，我想念新月那里特别的气氛。可是让我没想到的是，一个新来的女孩代替了米雪儿的位置，她告诉我，不久前米雪儿辞职了。我问她米雪儿去了哪里？她说不知道。我又问了其他服务员，她们都不知道。或许是米雪儿的交代，让她们保密，米雪儿就这样从我的世界失踪了。

随后的两年里，我潜心学习。毕业前期，和杰伦合作一起完成了一篇《关于汽车回收的国际化运营》的毕业论文，我们详尽收集了各国汽车回收政策和现状，在资源整合、利用和节约能源等方面阐述了汽车回收所带来的经济价值和社会价值，获得了教授们的一致好评。

我们为这一成就感到自豪，杰伦更是意气风发。从学校出来，我们讨论该去哪里庆功，杰伦说他太太让他请我去他家里吃饭。我说挺好呀，只是三个人太少了点，我跟你太太又不认识，怕到时没话说，反而尴尬。杰伦让我别担心，他太太热情好客，不会找不到话题。

杰伦的家在东海岸的排屋区。那里两三层的别墅一列列地整齐地矗立在路边，每栋别墅都配有专门的车库。杰伦开车载着我，靠近他家的大门时，杰伦一按车上的按钮，大门便徐徐而开。杰伦把车开入车库，我们下车一走出来，便看到一个身材高挑风姿绰约的女人，笑盈盈地在门口迎接我们，那女人穿着黑色长裙，发髻高绾，五官清秀，眼睛明亮，眼神如山泉般纯净。

我愣住了，压根儿没想到，在这里又见到米雪儿。

朱　迪

我通过 FACEBOOK 约会过三个女孩，全部无疾而终。终止关系的理由千奇百怪，第一个女孩身材高挑漂亮，性格直率，我们已经发展到牵手逛街的阶段，可她却经常不合时宜地跟我抱怨她的痔疮之苦，她的讲述画面感太强，我

没法说服自己继续跟她约会下去。第二个女孩喜欢吃辣椒螃蟹，每次约会无螃蟹不欢，我们交往了两个月，女孩对我颇有好感，我的钱包却顶不住了。第三个女孩是画画的，师从新加坡著名的国画大师，我投其所好，跟着女孩拜会大师，成了她的师弟，一起学艺几个月，发现师姐一心扑在艺术上，对男人没兴趣。落花有意，流水无情，我及时终止了对师姐的妄念。

我没什么爱好和追求，情场又失意，于是便把自己锻炼成了一个酒鬼，最期待的事情就是去克拉码头喝酒，每次四品脱虎啤或喜力，超过这个数，钱花得会让我心痛，少了又喝不到状态。四品脱刚刚好，不多不少，小醉即好。

好友莫文对我的生活状况痛心疾首，却无能为力。他早我五年到新加坡，入了籍，结了婚，还生了一男一女两个可爱的孩子。有一天，莫文兴高采烈地拿了一张宣传单给我，上面是管理发展学院（MDIS）的硕士招生简章，他让我去攻读硕士。那需要一大笔钱，我以为他开玩笑，便告诉他我钱包除了生活费，多余的一个子儿也没有。莫文说，他可以给我交学费，我分期归还即可。莫文真心想帮我，对我而言，那意味着生活里一个巨大的变化，由于自尊心作祟，我犹豫了很久，最终还是接受了他的帮助。

我在TMC学院的优秀毕业生身份为我的入学面试加了不少分，入学很顺利。交了钱，办了手续，我便正式成为MDIS的学生，我们的教室设在位于市中心的多美歌分校，那里靠近克拉码头，相对位于西部皇后镇的主校，我更喜欢在分校上课，下了课还可以去喝一杯。

第一次上课，我穿了一身正装，长袖衬衣、西裤和锃亮的皮鞋。借钱读书压力大，我需要更加重视。那天上课让我印象深刻，全班同学的穿着都以休闲为主，甚至有个男同学还穿着T恤、休闲短裤和拖鞋，穿着正装的我很显眼。另一个被人关注的是一个女同学，她足足迟到了半个小时。当时老师正在讲台上口若悬河地讲管理学的起源，一阵轻如蚊鸣的敲门声响起，坐在前排的同学们听得很清楚，老师却没听到。同学提醒老师说好像有人在敲门，老师凝神听了一会儿，敲门声却戛然而止，老师没听到声音，就继续讲课。不一会儿，轻轻的敲门声又一次响起。这次老师听到了，他走过去拉开门，门口站着一位清秀的女孩，羞涩而紧张。同学们都笑了，他们没见过这么害羞的学生。老师挥手让她进来，她走到讲台前，在众目睽睽下不知所措，她不知道该坐哪个位置。我朝她招招手，她看到了，便走过来，坐在我旁边的空位上。她放好书包，拿出书，朝我点头微笑。课间休息时，我们交流了一会，她告诉我她叫朱迪，来自四川成都。

我和朱迪就这样认识了。第一印象很重要，朱迪以后每次上课都坐在我身边，方便问我一些学习上的问题。有些问题我也不懂，就向其他同学问到答案再回答她。其实我可以让她直接去问别人，简单省事。可我最终还是大包大揽，我喜欢替美女服务，特别是像朱迪这样的知性美女。

朱迪的职业是嘉佩乐酒店的客服经理。嘉佩乐酒店低调而奢华，如果不是朱迪，我还不知道新加坡有这样一家全岛最高档的酒店藏身于圣淘沙，可想而知，她接待的应该都是达官贵人。由于职业习惯，朱迪对每个人都面带微笑，彬彬有礼。我希望朱迪对我能特殊一点，但除了问题多一些，其他没什么，这让我沮丧。有一次下课，我们一起走出教室，朱迪从小背包里掏出一个漂亮的保温杯给我，说是感谢我的帮助，送我一个小礼物。我看了一眼她手中的保温杯，那是德国造的 THERMOS 的牌子，深棕色，很漂亮。但我不知为何，拒绝了。朱迪第一次碰到这种情况，伸出来的手收回不是，不收回也不是，很尴尬。我跟她说，你送给别人吧，收了我不自在。

在回程的巴士上，我无数次回想刚才的场景。我觉得自己做得不对，不应该拒绝朱迪，这样做不礼貌。可我当时忍不住，朱迪太客气了，太客气就是见外，我不喜欢她把我当外人。可事实上我就是外人，不是吗？

第二天，朱迪依然坐在我身边，没事一样。我不好意思跟她说话，装作一本正经地听课。老师布置了期中论文的任务和写作要求，让我们随时可以开写。MDIS 的学制与其他大学大相径庭，一门课除了期末考试要及格外，还要额外提交两篇论文都要及格才算最后合格。算一算所需的必修课程和学分，到毕业时，每个人都要完成二十四篇合格的论文，装订起来就是一本厚厚的书。这样的体量，想想都害怕，但大家都只能往前冲，在新加坡这样节奏快的城市，不进则退。

快下课的时候，朱迪递给我一张纸条，上面写着：我们合作吧。我在上面回了两个字：好的。朱迪看到我的回复，又在下面写了一行字：那样我就放心了。我再回过去：不准送礼物。朱迪看到我的回话，抿着嘴笑儿了，这次小小的芥蒂，也随着她的笑容消逝得无影无踪。甚至可以算得上因祸得福，我们的关系柳暗花明，更上层楼。

从那以后，我们接触的机会就多了很多。刚开始，我们选在学校旁的国泰大厦星巴克一起写论文，过了不久，我们又换到市政大厦、怡丰城等地方。她住在西部，我住在东部，选在中间的地段比较合适。有时我也去西部，她家楼下有麦当劳，那里也适合我们学习。我们在一起的大部分时间都专注于学习和写论文，有时候，我岔开话题，想引导她谈谈自己，但她总是把话题拉回学习上来，如此几次，我便不好意思再问。而她从不问我的私人事情。我们的消费，无论多少，都是AA制，她说这是制度，不容我打破。无论在哪里，她都不让我送，我执着要送，她就生气，她总是怕打扰别人。这些细节，显示了朱迪的好修养。我本来是个粗鲁的人，在朱迪面前，不由自主地变得文雅起来，一离开朱迪，我又会恢复本来面目。

还有一件事让我记忆深刻，有一天没课，也没有论文任务，我却接到朱迪的电话，她说想请我吃饭。我问她有什么好事？她说当然是好事，到了才告诉我，她让我选地方。我说我们去吃肉骨茶吧。肉骨茶是物美价廉的食物，新加坡消费贵得离谱，我并不想让她太破费。没想到她却拒绝了我的提议，自作主张选了去克拉码头的游船上吃饭，那里一顿饭动辄几百元，我猜朱迪肯定是福彩中了奖，不然不会如此大张旗鼓。我欣然赴约，我们从来没有以学习之外的理由出去过，我有约过她，但朱迪从来都是婉言相拒，这是第一次约会，与学习无关，我得抓住机会。

朱迪先到，我后到，她总这样，不让别人等候。她占了一个船边的位置，可以全览河景。新加坡河是新加坡母亲河，是境内最大的河流，河宽三四十米，全长四公里。

源头据说是亚历山大沟渠，由许多小沟渠汇聚成河，流入滨海湾。而克拉码头是新加坡河上的一颗明珠——著名的酒吧街和食街。我只在朱迪面前提过一次，说我喜欢克拉码头的气氛，朱迪是个有心人，她懂得怎样投人所好。

我被服务员带到朱迪的桌前，朱迪起身，微笑着看着我。我们相对而坐，服务员给我端来一杯柠檬水，我抿了一口，问她，有什么好事要跟我分享？现在可以说了。

朱迪说，你是真不知还是假不知？

我说，我真不知。

朱迪说，如果不是眼见为实，还真不敢相信，竟然有人连自己生日都忘记。

我赶紧看了一下手机日历，八月二十三，不禁哑然失笑。我记起我和朱迪聊过生日这个话题，我说我出生于农历七月十五，那天是阳历八月二十三，我的身份证写的是阳历七月十五，所以我有三个生日。家人给我过农历七月十五，公司给我过阳历七月十五，而我真正的阳历生日是八月二十三，但从来没有人给我过过，甚至从来没有意识到过这天是我的生日。我们随意聊天的话题，朱迪也那么上心，这让我很感动。

这家游船餐馆提供中餐，朱迪给我点了我最爱吃的辣子鸡，她自己点了一个炒丝瓜和麻婆豆腐。还叫了一瓶起泡酒。我说我喜欢喝啤酒。朱迪说，不行，今天我说了算。我想为她省钱，但她一意孤行。倒上酒后，朱迪举杯敬我，祝我生日快乐，并感谢我的照顾。我说不用感谢，太见外了。朱迪说该感谢的还是要感谢，一边说一边从桌底掏出一个包装精美的盒子，递给我，说是生日礼物。我无法拒绝，接过来拆开，里面赫然是那个THERMOS的深棕保温杯。朱迪说，这次你不能再拒绝，因为是你的生日。朱迪说得对，我的确不能再拒收。

我们吃完晚餐，服务员收拾好桌子后，朱迪又从桌底下掏出一个盒子，把盒子拆开，里面是一个两人份的生日蛋糕。朱迪在蛋糕上插了一根蜡烛，让服务员点燃，火光把朱迪的脸映得红彤彤的，让我觉得温暖。朱迪说，许个愿吧。我说不用，愿望早就在心里许好了。

过完生日后，除了一起学习和写论文外，我们也偶尔出去吃顿便饭或喝两杯，她依然坚持AA制，不让我请。我想找机会请她吃一顿大餐，算是回礼，朱迪每次都找理由推脱，我意识到只有她的生日才是最好的机会，她的生日是六月二十七，还很遥远。我只有暂时把这个念头压在心底。

在学习上，朱迪很努力。她上课用心地听课，做笔记，下课只要有时间就学习。可两个学期下来，仍然有两科不及格。论文没问题，问题在于考试。MDIS的考试与众不同，考试时间三小时，给你两个题目，现场任意发挥，像我们古代科举一样。有理论、思想和实践案例的文章才能拿个好分数。朱迪是慢热型，很聪慧，但思维比较慢，给她一天时间，能写出好文章，但时间控制在三小时内，与同学们相比朱迪就相形见绌了。我很替朱迪担心，常常刻意锻炼她的快速思维，但收效甚微。每次成绩一下来，朱迪都很难过，跟我抱怨考试制度不合理，说她很想放弃，努力学习却没有相应的成绩，让她看不到希望。我只能尽量安慰她，让她振作去面对新的课程。

新学期开学前，她特意来我家一趟，我们在东海岸路的一家香港茶餐厅吃了饭，那里有她爱吃的竹筒饭。吃完饭，我们去东海岸散步，像情侣一样并排而行。很多次，我都有牵她手的冲动，但终究没有胆量把手伸过去，朱迪那种坦然无私的气场让我胆怯，在别的女孩面前，我从来没有这样怯懦过。我们穿过ECP，走到潟湖附近，找了张石椅坐下，那些石椅面朝大海，可以看到一排排海浪由远而近，推推搡搡地涌向岸边。

朱迪说，我想跟你说件事。

我说什么事？朱迪郑重其事，我有些紧张。她告诉我她申请了另一所高等院校——楷博学院的硕士，他们每个科目只要求写论文，不用考试，毕业时再提交一篇毕业论文，通过答辩即可。她劝我跟她一起转学，她希望我也能读得轻松点。

我没回话，心里暗暗生她的气，气她这么容易就放弃。朱迪接着说，跟我一起去吧，这样，我们又可以一起做伴学习。

我说，我不去，我不能半途而废。

我说这话时语气不太好，朱迪也听出来了。她叹了口气，说，我也知道，你比我成绩好，及格没问题，不像我，没办法，只能选容易的，希望你能理解。

可我并不理解，学习就应该迎难而上。英语也不是我的母语，我没日没夜地刻苦读书，才能马马虎虎达到及格线。我读得很辛苦，但我不会放弃，只要有付出，就一定会有收获，你没收获，仅仅是你付出得还不够。这些话我没有说出来，我怕让朱迪更难受，我知道朱迪来找我，她就已经做好了决定。

回程的路上，我们一路无话。我不知道还能说什么，心里很难过，似乎朱迪转学，我就再也见不到她了似的。同往常一样，我把她送到东海岸路的巴士站，坐十四路车可以直达她家楼下，只是从东部坐到西部，要一个多小时车程。我们等车时，朱迪跟我说，别担心，我们一样可以约在一起学习。可当时的忧伤彻底占领了我的思维，我认为这只是朱迪的客套话而已，她从下定决心转学起，便已离我而去。

十四路车徐徐进站，朱迪上了车，她跟我说了最后一句话，保持联系！车门便关闭了，我看到朱迪贴着车窗跟我挥手，不一会儿便消失在车河里。

我回到家，靠在床上胡思乱想。我想起和朱迪的点点滴滴，从她跨进教室的那一刻起，她的身影就已经刻在了我的心里，一年来的交往，平平淡淡，却充满温情。我们之间的感情虽然从来就没有强烈过，但一直在我们之间真实地存在着。我不甘心就此放手，女人有她柔弱的时刻，作为男人，应该要有男人该有的担当。一念及此，心里豁然开朗，我起身，抓起桌上的钱包，急急忙忙出了门。

我走到街边，挥手拦了一辆出租车，跟出租车司机说，帮我追十四路车。司机不解地看着我。我解释说，我跟女朋友吵架了，我要把她追回来，跟她道歉。司机说，明白了。一踩油门，的士像射出的箭一般冲了出去。

我们很快追上了十四路车，我让司机在路边等我一会儿，司机很乐意帮这种忙。我快速地冲进巴士，底层没有，爬到二层也没有。我赶紧下了车，又钻进出租车，跟司机说追下一辆。

出租车司机快马加鞭，很欣赏我的行为，全力配合我。

我们追到第三辆十四路才追到朱迪，当时她坐二层最里面的位置，我一上到二层就发现了她。她也看到了我，很惊讶。终于追上了她，我松了口气，站在楼梯口傻笑。她也笑了，她的微笑很迷人，像天使一样。我走过去，坐在她身边，贴着车窗打了个 OK 的手势。朱迪说，你这是干吗？我说，跟司机大哥报个信，我碰到一个好司机。

我们并排而坐，我一边诉说刚刚追赶的过程，一边偷偷伸出手，沿着椅子边缘前进，一路无阻，我的手碰到了朱迪的手，她的手像玉一样光滑，像缎一样柔软，我没有再犹豫，果断地握住那只手，握得紧紧的，再也不愿让她挣开。

古 冬

古冬是我的同事，印度人，比我早两年来新加坡工作，算是前辈，其他同事都拖家带口，只有我和他单身，老板让他带带我。

工作时间，大家都很忙，古冬抽空问我，你喜欢喝酒吗？我说喜欢。他说，那下了班带你去个地方。

下了班，古冬把我带到驳船码头的印度酒吧街。那里每个场子都有很多印度歌姬，她们穿着印度传统的露腰舞裙，裙摆上挂满了叮叮当当的饰品，翘臀细腰，妖娆迷人。

他带我进了其中一个场子。舞池是圆形的，酒客们围着舞池而坐。舞姬三人一组，轮流给酒客跳舞。谁长得漂亮，臀腰扭得好，酒客就会给小费。这样的酒吧，超出了我的经验，我索性把钱包丢给古冬，让他别客气，随意花。其实古冬也不敢大手大脚，钱花得并不多。他喜欢我的坦诚，很快把我当成了好朋友。

过了不久，我有幸参观了古冬的住处。他住在竹切路200号。竹切路是一条百年老街，街道两边都是老房子，大多两三层，小门小窗，窄楼道。竹切是老红灯区，自从邻近的芽龙崛起后，竹切便被越南妹占据，竹切数十家场子，现在都是越南妹的天下。新加坡有句俗话，越南的妹子岛国的郎，因此，如今的竹切依然繁荣。

竹切路200号，一楼是家酒吧，外面有楼道通往二楼，楼道口装了密码门，古冬按了一长串密码，门就开了，楼道被刷了墨绿色的防尘漆，一尘不染，楼梯上放满了书，任人取阅。上到二楼，便看到一个小吧台，里面有一个胖胖的马来女孩跟古冬打招呼。吧台一侧是自助咖啡室和厨房，另一侧是客厅，有就餐区、上网区、休闲区。墙上有画，墙角的书架上有很多书。一百多平方米的地方，被布置得满满当当。灯光是暖色的，沙发是桃红麻布的，让人感觉很温暖。古冬自豪地说，这就是我们的客厅。

我们进去时，休闲区的沙发上有三个老外，二男一女，各拿一支小瓶装的喜力啤酒，边喝边聊天，他们跟我们打招呼。其中一位男士站起来，坐到里侧，把位置腾出来让给我们。古冬跑去咖啡室，倒了两杯速溶咖啡。我们加入了他们的聊天。他们其实互不认识，分别来自加拿大、荷兰和意大利。都是学生，趁着长假，出来旅游，了解世界。

古冬是竹切200的常住客，整个旅舍只有三间房，一个大间，一个小间，一个阁楼间。大间二十个铺位，住男士。小间十个铺位，住女士。阁楼四个铺位，不分男女，阁楼不短租。大房十元新币一个床位，阁楼五百新币一月。我问古冬，真有女士住进来吗？他说，曾有过一个日本女孩，住了几个月才搬走。我又问，发生过故事吗？他说，那日本女孩被一个法国男孩追走了。而关于古冬自己的故事，他却不多说。

不久之后，我也成了竹切200的常客，我很喜欢休闲区角落里的单人沙发。那沙发被人坐得多了，座位窝了进去，坐上去反倒更舒服。这个位置不是客厅焦点，不太被人关注，可以从形形色色的背包客那里听到来自世界各地的故事。这些人通常两三天就换一轮新面孔。

有一天，我跟古冬说，能不能跟老板商量一下，等你房间空出了位置，就让我住进来。古冬一口答应。可没过两天，他又回复我说不行，现在已有几个住在大房床位的长住客等着搬进去，要住进阁楼床位，必须依规矩，先住大房，再排队升级。

没想到这样一个破旧的小阁楼竟如此受欢迎。我无法忍受大房嘈杂的氛围，有些人半夜三更才回，满身酒味，闹腾到凌晨。我羡慕这些精力充沛的年轻人，但我得工作，且不再年轻，无法像他们那样放任。这些欧美人，从小他们的父母就告诉他们，这个世界有多大，有多精彩，十八岁一过，父母就鼓励他们自力更生，赚旅费，走出去，花一年半载，去探索这个世界。许多欧美小孩，不分男女，上了中学就开始兼职赚钱存钱，存够十八岁时周游列国的旅费。这样的游历代代传承，这样，每个人都有他独特的背包客故事。

新加坡寸土寸金，一间普通酒店房间都要两百元新币以上，但新加坡作为中西文化的交汇点，往往是欧美背包客们抵达亚洲的第一站，在唐人街、滨海湾、克拉码头等中心区，常常可以看到欧美背包客的身影。这些中心区的旅舍大多小而简陋，每天十元到二十元一个床位，这也是背包客们能承受的价格。相对来说，竹切200地处东部，地理位置不及中心区，但性价比的确高了不少。我对比了很多家，都没有找到像竹切200那样温馨的感觉，便打消了念头。

有一次，古冬喝多了，说话无顾忌。他告诉我发生在竹切200的爱情故事。当时在竹切路和樟宜路交叉口，他碰到一个金发碧眼的女孩向他问路，打听竹切200怎么走。古冬很兴奋，说他也是竹切200的住客，并把女孩带到了目的地。女孩办完入住手续后，古冬还热情地介绍了旅舍和室友们的情况。女孩来自德国，精力充沛，喜欢酒吧。晚餐后，古冬约女孩去克拉码头喝酒。克拉码头是新加坡著名的酒吧区，每到夜晚，人声鼎沸，狂欢到凌晨。酒精和音乐模糊了人和人之间的障碍。在酒吧，随时都能交到新朋友，特别是漂亮的女孩，男人趋之若鹜。这个女孩玩得比较疯，一个白人小伙子要带她走，古冬拦住小伙子，差点打起来。古冬带女孩回旅舍……后来女孩调整旅游计划，延长了在新加坡的时间。那段日子是古冬最快乐的日子，他带着女孩走遍新加坡的大街小巷。

终于，女孩要走了，她计划的行程太多，她要去云顶看山顶的城市，去沙巴潜水，去泰国看人妖，去巴厘看滑浪，去宿雾潜水。她不可能为了古冬而停留。走的时候，女孩要古冬一起去。古冬拒绝了。女孩不会明白，亚洲男人肩膀上都背负着一座大山，古冬也不可能为了女孩而出走。

为节约成本，公司决定将 IT 外包，作为 IT 工程师，古冬被辞退，他不想继续在新加坡工作，准备回印度。古冬退了房，我去送他。他的行李很简单，一个加长的旅行背包而已，像极了一个过路的背包客而不是住了四年的老住户。

我问古冬为什么不在新加坡另找工作，他说，不管再工作多久，始终如浮萍一样，终究是他乡，与其蹉跎岁月，不如及早回国。其实还有另外一个原因，古冬不会讲，但我心里明白，印度人在新加坡，很难找到对象，从而落地生根。古冬几年里只谈过那么一次短暂的恋爱。在新加坡打拼的中国人、越南人、印尼人、菲律宾人又何尝不是一样呢？我少数几个入了籍的朋友，都是在国内找的对象，结了婚再带过来的。客居者终是客，不管入籍与否，究其一生也改变不了客的身份。

古冬走后一个月，有警察找上门来，问我认不认识古冬，我说认识，他让我跟他去警局协助调查一起案子，我内心忐忑不安，担心古冬出了什么事。到了警察局才知道，古冬向三个印度朋友各借了五百元新币，这些钱都是转入我的银行账号。我才记起，古冬离开前的那段时间，让我把UOB银行账号借给他用一下，他说他几个朋友欠他的钱，要转钱过来还他，他们跟我一样，都是用UOB，同行转账更快更方便。我毫不怀疑，把账号发给了他。果然不久，有三笔钱进账，我从ATM取了现金给了古冬。

没想到古冬会这样做，压根想不到，作为好朋友，这样的行为让我觉得很受伤。还好，我保留了古冬和我之间的短信凭证，我也是受害者，不然，我就得还这一千五百元新币，甚至可能因此而坐牢。

我再也没有去过竹切200，那里已经没有了我想去的理由。古冬走的时候给我留了他的印度电话，有几次，我想打过去，但终究放弃了。就算拨通了，能说什么呢，质问他吗？况且那个电话号码的真实性都值得怀疑。

大概两年后，FACEBOOK开通了MESSAGER功能，古冬通过MESSAGER给我留言，找了我好几次。我一直没有回复，也不会回复，我的心眼有时也很小。

坎

王刚能被调来新加坡，我的功劳最大。那阵子公司急需招个工程师，老板杰西问我，在新加坡本地招好还是从深圳分公司调好。我说当然是调好，调过来的人技术更好更听话，当然英语会差一点，但作为工程师，英语不是主要条件。我还强调说，我就是个好例子。我最后的一句话起了关键性作用，深圳分公司里技术能力最好的王刚顺理成章成了最佳候选人。

王刚很开心，他明白，这对于他的人生来说将是一次巨大的转折，过几年，他就能像我一样，把老婆孩子都带到新加坡，最终落地生根。

王刚和女友陈丽一起同居快有三年了，陈丽在一家民营厂做行政，熟人给他俩牵的线。半年前陈丽就提了结婚的事，王刚总是说要再等等，理由是他有机会去新加坡了，他想在新加坡结婚，那将是一件多么荣光的事呀。王刚来自四川自贡的小山村，去国外结婚，于纯朴的村民们来说，想都不敢想。所以王刚就想把它办成，让家乡父母也为他自豪一回。

可调令下来了，问题也就来了，王刚没有办法把陈丽带出去，怎么说呢，其一，陈丽还不是王刚的正式老婆。其二，就算陈丽成了王刚正式老婆，王刚也还没有达到带家属的条件，根据新加坡法律，外国雇员只有薪水达到四千元新币以上，才有资格申请直系家眷长期居留。王刚的起薪才三千五百元新币，还差五百的距离。能争取到这个机会已经很不容易了，王刚不敢跟杰西讨价还价，生怕一提要求，杰西便会把机会给别人，这种可能性不是没有，很多人都眼巴巴盯着这个位置。

王刚还想说服陈丽再等一两年，等他的工资涨到四千元，再把陈丽带过去结婚，王刚循循善诱地说，就五百块，五百块的距离，最多一年就可以了。可陈丽不上其当，只是说王刚心里有鬼，到了国外的花花世界，便会嫌弃自己。所以硬是逼着王刚把婚结了才能出去。王刚为了证明自己的忠心，便和陈丽去民政局领了证。领证后休完十五天婚假，王刚便坐上了飞往新加坡的飞机。

王刚抵达新加坡后，我把他安排在一个印度同事家里，印度同事一家四口，租了个两室一厅的房子，为了减轻负担，愿意分租一间房出去，一间房的房租七百块，我在租之前打电话问过王刚意见。王刚问，还有便宜点的吗？我说单间差不多就这个价，除非和人合住一个房间。王刚不愿和人合住，于是让我租了下来。

王刚上班第二天才见到杰西，杰西是集团 R&D 总监，一个做事风风火火，雷厉风行的中年妇女。杰西一直以来都是王刚的顶头上司，只是以前在深圳，中间隔着一个分公司经理，所以直接打交道的次数不多，但对她的厉害听得多了，而现在和杰西同在一个办公室，天天要面对，王刚不禁有些惶恐。一直过了几天王刚才适应，杰西其实没有什么时间理会王刚，除了见面时表示了欢迎后，便再没有说过话，有什么工作都是她的秘书文森分配的。文森是一个脾气很好耐心很好的新加坡男人，也只有这样性格的人才能给杰西做秘书，才能做得长久。

王刚工作的第一件事是在一张便条上写了一个数字“500”，把这张便条用桌钉钉在隔墙随时可以看到的地方。做完这事，他才打开电脑，正式开始工作。他的工作依然延续了在深圳的作风，兢兢业业，任劳任怨，不但对杰西交代的事务力尽完美，对同事们要求帮忙的事情都来者不拒。王刚的想法很简单，争取早日加薪早日完成那五百的任务。

一年很快就过去了，王刚只回过深圳一次，在深圳待了一个星期，他把一天抵两天用，每天晚上都恨不得把陈丽吃了。但假期一过，他还得赶回新加坡工作。一年一次，对新婚且正值壮年的王刚来说，太不够了。而唯一解决的办法就是涨薪，他早打听过了，新加坡公司以前每年的涨薪幅度是5%到8%，如果升职的话，涨幅是15%到30%。常规涨薪需要两年，升职的话一年就可以了。所以他任何时候都不敢松懈，要给杰西好印象。

可人算不如天算，第一年杰西只给王刚涨了6%，王刚无可奈何，只有第二年更加努力，希望获得杰西的青睐。在一次部门聚餐时，王刚特意提了一下希望明年能把老婆带过来，杰西虽然没有当场答应，但也没有否定。一年里，王刚自问工作上没有出过任何问题，涨薪到四千应该不是问题。可没想到结果让他大跌眼镜，这次他的涨幅垫底，才5%，工资距四千还差一百。王刚找到我，希望我能给他说说情。我说，兄弟，你跟了她两年，还不了解吗？你越说她反而越反感。她眼里没有人情这一说，你只能等着她主动"施舍"。我用了施舍这个词，并不为过，杰西认为，把我们从发展中国家带到发达的新加坡生活，本身就是一种巨大的恩惠了，再多要求一丝一毫她都会认为我们是贪得无厌，不识好歹。

王刚心情不好，我请他去芽龙喝酒，他把自己灌醉了，趴在桌上，泪水涟涟地跟我诉说，说他和他的新婚妻子两年了才见两次面，说他活得好苦，每天都在希望，现实却一次又一次让他失望。我问他为什么不回国，他说他一个农家子弟，在新加坡工作，父母以他为荣，邻居们人人羡慕，他又怎么能空手而返，让人笑话呢。听了王刚的话，我不知道该怎样安慰他，只能陪他喝闷酒。我想，当初不跟杰西推荐就好了，那样，王刚在深圳的生活至少安详而快乐。我希望能帮王刚做点什么。

机会终于来了，有一次杰西去深圳出差，与我的项目有关，让我也跟着去，我鞍前马后服务杰西。整整一个星期，客户对我们很满意，杰西请我和深圳分公司的经理吃饭，我提前和那经理说了王刚的情况，吃饭时让他也帮着说说情，王刚是那经理提拔的，所以也乐得促成好事。事情进行得很顺利，杰西说，今年考核肯定会给王刚加到四千以上，她说她其实也知道，只是特意给事情增加点难度，哀兵才更有战斗力。经理连连奉承杰西说她管理有方，值得他学习。我也举杯敬酒，敬我们聪明无比的老板。心里却想着可怜的王刚，他为老板的小聪明煎熬了整整两年。

回到新加坡，我跟王刚说，杰西今年肯定会给他加薪，让他能把老婆申请过来。王刚很高兴，立即向陈丽报告了这个好消息。那段时间，王刚心情好，整天笑眯眯的。我是过来人，能理解王刚的兴奋，真心替他高兴。

可事情并没有朝着王刚想要的方向发展，这一年公司经营出了些问题，集团董事会改组，新的CEO上任，新官上任三把火，第一把火烧的便是成本，他大力缩减公差费用，办公费用，强制员工休年假，等等，更离谱的是，他以公司亏本为借口，取消了今年的加薪。这对于王刚无异于晴天霹雳。杰西给大家开了个会，安抚员工的情绪，大意是大家要齐心协力，与公司一起共渡难关，下一年情况好转，肯定会把今年的补上。我们都无所谓，这种事强求不来，只有王刚想不通，煮熟的鸭子怎么就这样飞了呢。

很长一段时间王刚一直萎靡不振，怎样劝导也无济于事，我有时请他去喝酒，他总是谈他是多么的煎熬和苦闷，听得我耳朵都起了茧。情绪影响工作，王刚的项目频频出现问题，我看这样下去不是办法，给杰西制造麻烦的人从来都没有好下场。于是我找了一个做劳务中介的熟人，请教如何把陈丽办到新加坡来。中介问陈丽英语怎么样？我照实说她英语不好。中介说，那只能做工厂普工，中介费八千元新币，工资底薪八百，加班费另计。

我把普工这一门路告诉王刚，王刚说跟陈丽讨论一下，讨论的结果是，这样做太憋屈，不吃不喝十个月工资都给了中介，而且还是做最底层的普工，让人无法接受。我跟王刚说，这可能是唯一可行的方案。王刚说他不信就找不到工作，说不但会让陈丽过来找，他自己也会另谋出路。

王刚说到做到，他自己在领英和几家猎头网上发布了简历，要求就一个，工资四千以上。他让陈丽也请假，拿了三十天旅游签证来了新加坡，一有空，他就带陈丽去找工作。王刚和陈丽都满腔热血，认为只要肯努力，找份工作肯定没问题。

一个月内，他们走遍了新加坡的大街小巷，结果让人沮丧，售货员、售票员、服务员、促销员、收银员等服务性的工作都需要英语口语流利，永久居民和公民优先。陈丽不懂英语，那只能选择普工和清洁工，但是这两个工种都是通过中介公司批量统招的，不接受个人报名。王刚那边倒是有消息，也面试过两家，但不幸的是，王刚也栽在英语上面，王刚 3D 绘图技术很好，有一家公司愿意接受他任职绘图员，可工资只能给两千，绘图员就这个价。王刚绝望了，两千块，比他在国内的工资还低。

王刚的小动作瞒不过杰西，杰西不需要一个不专心工作又不忠诚的员工，她决定把王刚退回深圳分公司。王刚听到这个消息，主动辞了工。曾经从深圳公司走的时候风风光光，让人羡慕，他受不了这样被退回去。

王刚回国时，也是我送的行，迎来送往，也算是有始有终了。在机场，他对我说，真佩服我，能忍。我说，不是忍不忍的问题，是信念坚不坚定的问题。我不愿就这个问题说太多，道理其实王刚也懂，只是做起来很难。王刚回国后把新的联系方式发信息给了我，不过我们很少联系。听说，他因为有海外工作经历，进了一家大型外企，买房买车，结婚生子，日子过得挺不错。

夏天

大可是新加坡华人，经济宽裕，喝酒爽快，比较照顾年轻人，我喜欢跟着他后面转，这样挺好，经常有酒喝。在深圳时，我带他去过几次酒吧。等我到了新加坡，理所当然地，他也带我去酒吧。

他带我去的地方比较有意思，说酒吧也行，说是歌厅也行。那地方可以喝酒，大多卖的是新加坡本地酿造的生啤，也可以唱歌，按台号次序轮着唱。与一般酒吧不同的是，这里有许多漂亮的女孩在各个桌台间穿梭，与客人喝酒互动，每隔两小时，她们会被安排上台唱歌，客人就给她们挂花环。酒吧设有花房，花环的价格最低五十元新币起，上不封顶。挂花很烧钱，成千成万花出去，也就是一眨眼的工夫。这样的酒吧在新加坡叫花场，唱歌的女孩叫歌星。大可带我去的这家花场叫万家灯。

大可是这里的常客，他和一班朋友每周四晚上在这里喝酒。大可把我当小弟，他的朋友们也把我当小弟，我很乐意做他们的小弟，做小弟不用买酒，大哥们早把酒给买好了，我只负责喝就行。

大可挂花平常不轻易出手，当看中了某一个女孩时，一出手就是五百元新币。万家灯是个小花场，五百新币已经很高了。歌星下了台，当然必须给大可敬酒，一来二去也就熟了，过不了几天，大可就让我改口叫嫂子。

新加坡歌星准证只批六个月，所以我平均每六个月换一个嫂子。大可很少有失手的时候，直到碰到夏天，夏天来自河南洛阳，高挑漂亮，一头乌黑的长发，有种古典的美。

大可一见到夏天，就向夏天发起进攻，每次大可挂五百的花环，夏天都会来到我们这一桌，陪大可喝酒，挂了几次，大可就约夏天出去，夏天说不方便。大可以为花环力度不够，接着又挂了几次，夏天还是推脱，夏天说得不亢不卑，大可也没办法。

大可特意去和经理了解夏天的情况，经理说夏天从来不跟客人出去，她来的时候就说，卖艺不卖身。没人相信夏天的话，这里每个女孩子刚过来时都这么说，可没人能够坚守诺言，大家相信夏天也一样，没想到夏天真的做到了。

经理摇摇头，对大可说，我看你还是换目标吧。

大可回来跟我们说，夏天卖艺不卖身。把大可的朋友们都逗笑了。我没有笑，对这个夏天不由肃然起敬。夏天再过来喝酒，我就偷偷观察夏天，夏天一举手一投足都有股文艺范，我估计她出身书香门第，至于为什么来新加坡，不得而知，可能为了钱，也可能只是为了体验生活。

夏天洁身自好，我以为大可会改变目标，这一批歌星颜值都比较好，还有几个比夏天更漂亮。但大可这次像中了邪，朋友们劝他不听，他一意孤行，继续挂夏天的花。他说，钱花在谁身上都是花，他宁愿花在自己喜欢的人身上。

我支持大可这样做，那样我就可以经常看到夏天，我对夏天的身世很感兴趣，一直想找机会解开心中的谜团。可夏天每次过来都是坐在大可身边，我找不到与她单独交谈的机会。夏天很安静，大可和朋友们喜欢谈各种荤段子和泡妞的经历，夏天也只是抿着嘴微笑，哪怕牵扯到她，也一点都不失态。

有一次，大可刚给夏天挂过花，电话就响了，他跑出去接完电话，回来跟我们说，他母亲生病住院，得赶去医院，他让他的朋友们照顾我。大可离开，我内心求之不得，当然，我并不希望他母亲生病，我只是希望有机会和夏天单独交谈。

夏天唱完歌，过来没见到大可，问我们怎么回事。我说大可家里有急事，先走了。我怕夏天会走，便加了一句，说不定他晚点还会过来。我不会撒谎，话一说完，脸颊就发烫，还好花场灯光暗，别人看不到我的脸红了。夏天哦了一声，看了我一眼，移步坐到大可的位置上。大可的位置离我最近，我紧张得双手直冒汗。

那天，我问了夏天很多问题，夏天也不回避，一一作答，她说，独自来新加坡不是她最疯狂的一件事，为了听昆曲，她在苏州整整待了一年，一边打工一边听戏，特别是石小梅的《牡丹亭》，不管票价多贵，逢演必看。她还给我清唱了几句《牡丹亭·拾画》杜丽娘的唱词：

晓来望断梅关，宿妆残

剪不断，理还乱，闷无端……

夏天在我耳边低声地唱，声情并茂，幽幽怨怨，我被她的唱词感动了。听说我来自湖南，她说也去过湖南，在长沙住了一个月，仅仅为了听原汁原味的花鼓戏，《刘海砍樵》《珍珠塔》《刘全哭妻》等如数家珍。原来，夏天竟然是个戏剧迷，这就是她文艺气质的来源。我问她为什么要来新加坡，新加坡没有戏剧。她说，这里是没有戏剧，但有钱，她在新加坡可以赚到通往戏剧殿堂的门票。

那是我跟夏天说话最多的一次，她把本来应该给大可的时间给了我。她说她只跟我说起过她的戏剧梦，因为我是中国人，我的眼睛里充满善意，她断定我是个善良的人。她说她看人很准。这点我相信，因为我看到她隐忍的行为里，同样充满睿智。

相处越久，我对夏天就越着迷。大可处理好母亲的病，过几天又回花场喝酒。大可一回来，我和夏天又恢复了以前的状态。中间隔了个大可，我们只能通过眼神交流。我相信，她看懂了我的眼神，正如我能看懂她的一样。

但我不满足于这样交流，我想要突破。于是我选了一个大可他们不会去的日子，独自去了万家灯。我选了个角落里的台，生怕看到熟人。我叫了一樽虎啤，一百二十元新币，那是我两个星期的生活费。

夏天在舞台上唱歌，唱的是王菲的《天空》，声音慵懒空灵，很好听。夏天没有看到我，她也不会看到我，她的目光不会延伸到没人注意的角落。引起她注意的方式只有给她挂花环。我叫了侍者，给夏天点了个一百元新币的花环。我看到我那个小花环很快淹没在几个大花环里。

我叹了口气，一边喝酒一边等。我知道，作为受花歌星，不管金额多少，她总会过来给送花人敬一杯酒的，这是礼貌也是规定。只是敬酒的次序，停留的时间却是按花环金额安排，付钱多的总会比别人享受到更优质的服务。

夏天下台后，在一个摆满香槟的卡座逗留最久，我无法猜测那些客人的身份，但肯定是有钱人。我看到有一个男人把手搭在夏天的腰上，她没有推开，带着一贯的微笑，从始至终。夏天从卡座出来，又去和另外几桌客人应酬。然后才端着酒杯朝我的台走过来。终于，她看到了我，很惊讶。我露出笑容，站起来迎接，我喜欢出其不意，给她惊喜。

那天我只和夏天聊了一会儿，又轮到她上台了。临走时，我问夏天，我们是朋友吗？她说，为什么要跟我做朋友。我说，有一个叫张岱的人说过，人无痴不可与之交，以其无深情也。夏天说她也喜欢张岱，想和我继续说几句。可台上有人在叫她，不便再拖，只有跟我道别。夏天让我下次早点来，那时客人少，可以有更多时间和我聊天。

那次离开后，我竟然失去了面对夏天的勇气。我跟大可找了个借口，说我肠胃病复发，在吃药，不宜喝酒。过了不久，大可跟我说，夏天老是问起我，他狐疑地问，你们没什么吧？

我说当然没什么，她关心小老乡罢了。过了半年，夏天准证到期，回国了。她现在有了足够的金钱去追求她的戏剧梦。

夏天最后的话，我自认为是对我发出进一步发展的邀请，只是我胆小自卑，放弃了机会。很多年后，我脑海里依然保留着与夏天每次交流的影像，她带着一贯的微笑，长久地停留在我的记忆里，长发及腰，清雅脱俗，像从戏里走出来的美人。

菲律宾女友

我打通楚洋的电话，楚洋在电话里喂喂地叫，身边是嘈杂的音乐和人声。听不清楚，我挂了电话，不一会儿，楚洋的信息就发过来了：我在阿凡达，赶快过来。

阿凡达是新加坡著名的人气酒吧之一，在滨海广场侧面的文华酒店底层。跟克拉码头不同的是，克拉码头是景区，所以游客多。而阿凡达这样隐身在市井的酒吧基本上属于本地年轻人的场子，一到周末，等着入场的年轻人就很多，有时甚至排队排出几十米。楚洋来新加坡七八年，平时都是老老实实读书、工作，很少去酒吧。他是个程序员，生活中很少接触女孩子，一直没女朋友。经我指点，他决心来阿凡达碰碰运气。

楚洋已经独自在阿凡达转悠了好几次，每次都无功而返。他很难理解，不时跟我抱怨，为什么别的男人周围美女如云，而他主动搭个讪还被人骂神经呢？当我赶到阿凡达看到楚洋时，一下明白了为什么楚洋总是不受待见了。只见他手持一杯啤酒，半品脱的那种小杯，穿着一条破牛仔和廉价的T恤，挤在吧台边的人群里。

楚洋问我喝什么酒，我白了楚洋一眼，指着他手中半品脱的啤酒杯说：“你就这样也想泡妞？”

“一品脱要二十元新币，贵！”楚洋指指他手中的小杯，继续说，“这个才十二，买上一杯，慢慢喝，待几个小时没问题。”

“那要不要喝到十二点，再赶末班地铁回家呀？连出租车钱都省了。”

“是呀，你怎么知道？”楚洋言之凿凿。他的情商不是一般的低，如此算计，估计连扫地阿姨都不会看上他。我挥手叫来侍者，让他给我安排了一个台，要了瓶马爹利名仕，对楚洋说：“这才叫喝酒！”

“你发财了？”楚洋对我的排场难以置信。

我懒得解释，来酒吧，开一瓶酒相当正常，况且喝不完还可以存。楚洋这个书呆子，平常专攻学问节俭成性，怎么会知道酒吧里的玩法呢？人家一看便知道他是个二百五，女生是不会正眼看上一眼的。我收入比楚洋还低，但我知道，既然上酒吧，就要有上酒吧的气量，至少不要自取无趣。

我朝楚洋挥挥手说，兄弟，这样的场合不太适合你，今天我心情不好，你陪我喝酒就好，算我请客。

这是我第一次来阿凡达，人气不错，舞池够大。那是年轻人的世界，大多是白领和学生。我订的台靠近走道，我注意到靠近舞台有一大桌女生，大多身材较矮皮肤较黑，说英语，一看就知道是菲律宾人。菲律宾人思想很西化，酷爱酒吧，这大概是因为被美国和西班牙长期殖民的缘故吧。

我朝楚洋努努嘴，楚洋会意，端着酒杯去舞池和那群女人献殷勤跳舞。好酒的力量是显而易见的，女生们先看酒再看人，楚洋端着洋酒杯，自然待遇就不一样了，她们不再抗拒和他对舞，这把楚洋乐坏了。

过了不久，她们桌上的酒喝完了，许久没见她们再续。我估计这群小白领是AA制买的酒，没有再买的预算，便示意楚洋把我们的酒拿了过去拼桌，她们欣然接受，而且其中一个女孩还给了我们一个飞吻。我告诉楚洋，菲律宾女生喜欢开放活跃的男生，我叫楚洋放开一点。

喝酒的人多，酒很快不够了，我叫楚洋再去买瓶酒，顺便叮嘱说关键时刻别舍不得。没想到楚洋一口气叫了两瓶，我吃了一惊，楚洋狠狠地说："舍不得孩子套不到狼。"我心想，这小子，学得蛮快。一整个晚上，楚洋都在陪那群女生喝酒跳舞，跳得筋疲力尽，喝得醉眼迷离。快要散场时，楚洋已经醉得瘫在卡座里呼呼大睡了。我看着为他心急，想着别让他花了大价钱却什么也没得到，便去摇摇他，没想到他一手把我扒开，说："别吵我，我要睡觉。"我摇摇头，女孩们说走便走，跟我说声再见，一股脑便没了踪影。

我扶着楚洋，郁闷地跨出酒吧。天已快亮了，酒吧最后几拨客人都在街上三三两两地等出租车，这个时刻属于交接班时间点，打车不容易。我挥手拦了几辆车，司机总说方向不对，拒载。有些出租车拒载不是因为方向问题，而是因为我身边醉醺醺的楚洋。于是我扶着楚洋去转角碰碰运气，刚转过身，眼前便一亮，那群菲律宾女孩也一样还没拦到车。女孩们看到我们面无表情，像不认识一样，只有那个飞吻女孩朝我们点头示了示意。“这群死三八，刚刚还玩得热烈喝得尽兴，转身就不认人了。”我心里暗骂。我把楚洋扶到路肩上坐好，朝飞吻女孩招了招手，飞吻女孩犹犹豫豫地走了过来，我掏出手机，对飞吻女孩说：“给个号码吧！改天再请你喝酒。”

飞吻女孩转身朝她的朋友们看了看，见没人注意到她，她飞快接过我的手机，输了一串数字，然后转身就准备走。我赶紧把号码存了起来，朝女孩叫道：“你的名字呢？”

“Mhay , You can call me ‘ Ah Mhay’。”女孩边走边说。

阿梅？叫起来有点像中国女孩，挺好的名字。

我把楚洋扶到家里时，太阳已经高挂了，这时楚洋酒也醒了许多，他第一句话就问我：“女孩子呢？”

“她们早回了。”我没好气地回答。

“啊，那还能见着她们吗？”楚洋一脸的失望。

“你真是个大笨蛋。”我骂道，“哪有这样泡妞的呀，泡妞要把人家弄醉才叫泡，你把自己弄得像死猪一样，你花钱设的局，妞早给人家泡走了。”

“下次不会了。”楚洋满脸惭愧。

为了这个好室友，我也是累坏了，不想再多说什么，我把阿梅的电话号码写在纸条上递给他，说："这是那个向我们飞吻的女孩，好好把握机会吧。"

楚洋意外地看着纸条上的号码，咧着嘴嘿嘿直笑。

随后两周，楚洋都心不在焉，我隔三岔五就问他，约了吗？楚洋总是摇头，他跟我说，他隔天就发信息给人家了，接连发了几条人家才回两个字：没空。他不敢随便再发信息，于是周末又独自去了趟阿凡达，希望又能来一次偶遇，酒倒喝了不少，那群菲律宾女孩一个都没见着。我问楚洋发的是什么内容。楚洋说，我只是想请她再去喝酒跳舞而已。我笑着说："你真是不一般的二呀，书都读到哪里去了？你以为人家是舞神呀，每天都要跳舞？"

"那怎么办？"楚洋一脸茫然。

"先要分析她是干什么的，喜欢什么，投其所好。"

"她信息都不回，我又怎么知道？"楚洋看起来很无辜。

"用你的眼睛去观察呀，菲律宾人穷，但美式思维却根深蒂固，每月宁愿把钱花光也不肯亏待自己，平日里工作繁重，估计不会出来。周末选一家好餐厅，她会出来的，不要再发信息，直接打电话，让她没有太多思考和回旋的余地。" 我不忍心这小子总是像无头苍蝇般乱撞，成心指点指点。我对菲律宾人有一定地了解，公司有一个菲律宾同事，偶尔在一起也喝两杯，他薪水并不高，每天上下班都是打车，要知道新加坡出租车贼贵，许多比他收入高很多的高阶主管都是坐公司巴士，这些高阶主管大多是华人，勤俭才能聚财，海外华人的财富，大都是从勤俭开始的。

"打电话呀？我不知怎么说，要是又拒绝怎么办？"楚洋嗫嚅地说。

我想想也是，一对一邀约，楚洋讲话吞吞吐吐，阿梅拒绝的可能性很大，于是我对楚洋说："这样吧，单娜周末过来，我把单娜也带上，你请我们吃饭好了，阿梅那边我帮你约。" 单娜是我的女朋友，她住在中部，通常周末才过来。

楚洋嘿嘿傻笑："我就是这个意思。"

楚洋的话让我意识到这小子其实并不傻。我让他泡妞时大方点，不要猥猥琐琐。他对我的意见照单全收。

我跟单娜说明情况，她也知道楚洋急着找对象，乐意帮这个忙。其实能不能约成功，我也没底，那晚我和阿梅对了几次眼，看得出来她对我们是有点兴趣的，不过似乎对我兴趣更浓。这让我直觉有戏，要是没有单娜，我倒也不介意来一段异国情缘。事实上，一切比我想象中更顺利，当我说出 JEWEL BOX 西餐厅的名字时，阿梅语气已经相当兴奋了，只是我不确定她是因为我兴奋还是因为 JEWEL BOX 。JEWEL BOX 坐落于花柏山山顶的制高点，远眺可以看到怡丰城海湾和圣淘沙，有几十年的历史了，一度是浪漫的代名词，情侣约会的首选地。

楚洋去接阿梅。我和单娜先抵达 JEWEL BOX，我们都是第一次来，客人们行为优雅，这里又景色宜人，单娜很开心。我们订了露台靠海湾的台，我和单娜各点了一杯红酒，边喝边等。

楚洋和阿梅姗姗来迟，没有舞台的灯光和化妆，阿梅完全是一副中国女孩的模样，齐肩长发，清秀的面容，只是皮肤有点黑，身材微胖，不过看着很舒服。我介绍单娜说是我女友，我注意到了阿梅眼里的失望之情一闪而过。

她微笑着坐到了单娜身边，说单娜很美，说她喜欢跟美丽的女孩子交朋友。单娜喜笑颜开，这个阿梅知道怎样讨人喜欢。楚洋一脸严肃地坐着，有些拘谨。我尽我的职责，在他们之间尽量调节气氛。楚洋只知道傻笑，不知道说什么。我赶紧叫来服务员点餐，免得冷场。

我给单娜点了盘 FISH AND CHIPS，我要了一份鸡扒，阿梅要了一份海鲜意粉，楚洋要了一份牛扒还特意交代要全熟。单娜故意调侃楚洋说，要不要来点朝天椒？楚洋说，我说了，他说没有。单娜笑得合不拢嘴。阿梅不解其意，我把故事说给阿梅听，阿梅也忍俊不禁，席间便融洽起来。我问阿梅为什么叫 MHAY 这么奇怪的名字，刚听到时以为是五月。阿梅说，MHAY 是姓，AH 是她的华人屋主加上去的，叫起来比较通顺。

“原来这样呀，半中半菲。”我说。

“你们呢？”阿梅问。我才惊觉我忘记介绍了。于是，我介绍了楚洋和单娜，才介绍我自己，跟她说我叫冬十年。

“东湿天？”

阿梅奇怪的发音让我们都笑了。外国人四音不分，跟他们一起玩，语言给交流增添了不少乐趣。于是我赶紧纠正她，免得叫成了习惯，“你还是叫我 ROGER 吧，ROGER 比较好记”，ROGER 是我的英文名，一般只用在工作场合。

边谈边吃，生疏感很快没有了。阿梅告诉我们，她毕业于菲律宾圣保罗大学，毕业时应聘上了新加坡一家物流公司做货运调度，上次酒吧见的女孩们也是来自各行各业，基本上也是通过网络认识的，大家偶尔会去酒吧聚聚。我当初猜得没错，小白领有小白领特有的味道，在哪个国家都一样。楚洋说起了关于菲佣的话题，我朝阿梅瞟了一眼，她一脸无所谓，我就放了心。在国人眼里，菲佣大抵都成了菲律宾的代名词，但不管怎么说，这不是个褒义词。对于拥有民族自豪感强的中国人来说，要是人家跟我说中国佣人世界闻名，我肯定会不舒服。阿梅说，菲佣培训在他们家乡很正常，大多数学历不高或乡村的妇女都几乎把佣人当成唯一出路，一个民族如此专注做一个行业，当然不出名都难。我们点头称是，阿梅随后继续说："说不定哪天我年老色衰了，也会去当佣人。"

楚洋赶紧说："那不可能，还有很多男人都争着想养你呢。"

楚洋急于表达，我和单娜被逗乐了，我打趣道："这很多男人中包括你吗？"

"如果阿梅同意的话，我当然没问题？"楚洋被羞红了脸。

阿梅倒是大大方方，说："菲律宾男人没啥能耐，女人都是独当一面，不需要靠男人。"

阿梅说的也是事实，菲律宾女强男弱，女人赚钱养家，男人只管睡觉喝咖啡。阿梅喜欢抽烟，一会儿一支，吃一次饭离席了几次，每次都叫我相陪。我们走下露台站在路边的垃圾桶边抽，新加坡人都喜欢这样，垃圾桶其实很干净，桶上方放了很多细沙，特意给客人用来掐灭烟头。很奇怪的是她竟然喜欢抽印尼产的 SAMPERNA 牌香烟，这是女士烟，烟身细长，烟里浸了糖料，一口抽下去，满嘴甜味。阿梅抽得津津有味，我抽一口就吐了。我在新加坡只抽两种烟，一种是万宝路白盒，味轻；另一种是万宝路黑冰，烟嘴里藏了颗薄荷球，一按就碎，满嘴的清凉味，不过我一般不去按薄荷球，不喜欢重薄荷味。

我和阿梅边抽边聊，阿梅烟瘾很大，有时还接连抽两根，我只有在一边等着，有一搭没一搭地说话。久了，单娜便下楼来找我们，我看得出单娜脸有不快，我马上道歉陪单娜上楼。单娜英文自由交流还有些困难，只是安静地吃东西，听我们叽叽咕咕地闲扯。楚洋英文比我还好，不过他生性腼腆。我和阿梅说得最多，说到尽兴时会不时碰上阿梅的眼光，阿梅的眼睛里异彩流动。我心中一惊，赶忙打住，我没有忘记自己的职责和位置，心想，再这样聊下去，楚洋肯定没戏了，单娜说不定也会拂袖而去。于是我找了个借口，跟阿梅说，我和单娜有事要先走了。楚洋巴不得我快走，说："是呀，你不是约了大牛吗？快去吧，不然就迟到了。"

大牛离开新加坡都快大半年了，楚洋只知道我有这么一个好朋友，他不假思索脱口而出。阿梅有些不情愿，不过也没办法挽留。我和他俩说了再见，便拉着单娜下了楼。

阿梅见我们离开，兴趣索然。楚洋便带阿梅去 BUGIS 的邵式影院看电影，那是一部关于世界末日的科幻电影，末日来临，排山倒海，摧毁一切，而方舟只有一部，承载着人类的希望，但幸运儿毕竟是少数。电影画面很震撼，阿梅紧紧地抓住楚洋的手，满手的汗，楚洋暗自庆幸选对了电影。

从电影院出来，阿梅还没完全从电影情节里走出来，她跟楚洋说，要是末日真来临了怎么办呀？楚洋拍着胸脯说，放心，还有我呢，我带你去方舟。阿梅不以为然，不过女人总是喜欢听好听的。他们沿着胜利大道一直走到了森林大厦。夜风习习，逛街的人们开始散去，街头恢复了宁静，前面就是交叉路口，阿梅停下脚步，问道：“我们现在去哪儿呢？”

“去喝两杯？”楚洋小心翼翼地建议说，

“不想喝，我累了，”阿梅情绪低迷，“找个安静的地方我们休息会儿吧。”

“找个地方？”楚洋一愣，回过神来，立即亢奋地说：“我知道一个好地方，相当安静。”

阿梅没有说话，表示默认。楚洋内心欣喜若狂。

BUGIS 是商业区，酒店和旅馆都很多，但寸土寸金，房间都很贵，普通酒店也要两百多元新币一晚。楚洋舍不得花这笔钱，带阿梅径直走进一家叫 ABC HOSTEL 的去订房。ABC 的前厅小得可怜，一个简单的小柜台放置在墙角，柜台旁边是狭小的过道，能容两个人通过，过道另一侧摆了两只破旧的单人沙发。看到楚洋和阿梅进门，柜台里的中年男人站起来跟他们打招呼，楚洋问道：“老板，有单间吗？”

中年男人说：“有。”

“多少钱一间？”

“四十五一晚，公用洗手间。”

“噢，有没有带洗手间的房？”

“没有了。”

“能不能想想办法？我可以多加钱。”楚洋一本正经地说。

“加钱也没有。”中年男人有些不耐烦了。

楚洋还装模作样地想跟中年男人说什么，旁边的阿梅拉了拉楚洋的衣角，说："还是我带你去一个地方吧，那里只要八九十块一晚，也挺好的，你看行不行？"

"太行了！"楚洋当然没意见，赶紧点头应承，如释重负。随后阿梅拦了辆出租车，把楚洋带到了小印度的MKS酒店。那里设施齐全，价格低廉。只是在小印度的酒店大多是为印度人服务，来来往往的都是印度人，到处弥漫着一股咖喱味，不过在高涨的情欲面前，咖喱味实在算不了什么。

楚洋回来时，我还在睡觉。他坐在我床头，一把把我摇醒，满脸兴奋说："兄弟，我成功了。"

"什么成功了？"我睡眼迷离，思维还在梦里。

楚洋接着在我面前伸出了三根手指，得意地晃了晃，晃得我发晕。

我说："啥意思？"

楚洋说："我们做了三次。"

"啊？"

"阿梅床上功夫真不赖。"楚洋手蹈足舞，喜不自禁。

楚洋详细地说了他们的情况，我觉得有点不可思议，这种事，放在随便哪个中国女孩身上，初次约会选在背包客旅馆都是不可思议的事情，甚至算得上是一种侮辱。我问道："她真愿意跟你在那破地方过夜？"

"是呀，没错，阿梅还跟MKS的前台很熟呢。"楚洋看我那么惊讶，一脸不解。

看样子阿梅处过的男朋友不少。楚洋情商低得没谱，不想打击他，我只能说他运气还不错。心里却想，菲律宾女孩不但开放而且还真不拘小节。

有了阿梅后，楚洋的生活有了明显的变化，周末总是看不到人影。每次楚洋一出现，我总是故意要他请我这个红娘吃饭，楚洋借故推脱，说现在钱要用在刀刃上。我拿他没办法，他现在不再需要我的帮助。

可惜好景不长，有一天我正和单娜吃饭，看到楚洋垂头丧气地走过来，拉了条凳子一屁股坐下，怒气冲冲。我问道，怎么啦？楚洋耷拉着脑袋，有气无力地说："出事了。"

我说："出什么事？"

楚洋告诉我们，说他去接阿梅吃饭，已到她家楼下了，却接到她的电话，说不和他出去了，临时有朋友相邀，要去参加一个派对。他无奈之下让出租车调头，没想到发现阿梅被一个白人青年带走了。

我安慰楚洋："你先别急，我帮你了解一下情况。"

我拿出手机，给阿梅发了条信息：晚上有节目？

阿梅发信息告诉我，她在参加一个派对，让我们也过去玩。我把阿梅的信息给楚洋看，楚洋迫不及待地要赶过去。

派对在东海岸的Goldkist Beach Resort举行，那个白人租了个靠海的二层别墅带一个迷你的小院子，一楼烧烤喝酒，二楼的房间用来休息。被邀的女孩们几乎都来自菲律宾，男的多为白人，还有少数印裔新加坡人。其中有几个女孩看起来眼熟，仔细想想，才发现都是那次在酒吧里见过的。派对上各种酒水都齐全，光蓝带就开了几瓶，看来弄这样一个派对花费也不低。

白人生来就是自来熟，热情有加，菲律宾女孩们有过之而无不及，他们手捧酒杯，伴着音乐，载歌载舞。华人却生来拘谨，其实我很羡慕这样的随性随意，羡慕归羡慕，要融入却不容易，感觉内心总有一根绳子，束缚着自己的手脚。看着阿梅和那个白人青年玩得开心，楚洋醋意油然而生，他张牙舞爪地加入了舞池，双手指东指西，忽南忽北，像一条被开水烫了的八爪鱼。滑稽的动作把菲律宾姑娘和其他白人逗得直乐，我清晰地听到一个高个子白人惊呼：Is that Chinese KongFu？

单娜也被楚洋逗得掩嘴直笑。人们的笑声让楚洋忘乎所以，越跳越起劲，姑娘们和白人们围绕着楚洋不停起哄，没想到楚洋无意中还把现场气氛带出了一个小小的高潮。在人们聚焦楚洋时，我突然发现那个白人青年拉着阿梅退出了舞池，穿过了大门。我放下酒杯，悄悄跟了过去，眼前的景象让我吃了一惊，在院子暗处的墙角里，两个身影热切地拥抱亲吻，白人青年肥大的双手在阿梅丰腴的臀部上不停地抓揉，恨不得要把阿梅的牛仔裤抓出两个大洞。

我转过身，正思量着要不要告诉楚洋时，却发现楚洋已站在了我身后，双目圆睁，面色苍白。我想劝他回去，低声说："兄弟……"我话音未落，楚洋便握着拳冲了出去，挥出一拳，重重地击在那个白人青年的后背，白人青年猛然受击，身子一挺，楚洋瘦小的身子被反弹得摔倒在地。

我见楚洋倒地，赶紧跑过去，扶他起来。白人青年转过身，感觉莫名其妙，一脸怒气冲冲地吼叫道："What fuck are you doing？"楚洋一声不吭地爬起来，作势又要冲过去，我一把把他拉住了。阿梅此时也惊呆了，醒悟过来后马上也拉住白人青年，告诉他这个人是她的前男友。楚洋听到"前"字，怒气更甚，硬要阿梅说个明白。

阿梅若无其事地说："难道你认为我们睡了几次，我就得嫁给你吗？”

楚洋愣住了，一时不知所措。阿梅的表现，让我也觉得惊讶，没想到她开放成这样。我一看情势，确实没有挽回的余地了，便拍拍楚洋的肩膀说，兄弟，别执着了。

我一边安慰楚洋，一边示意阿梅和白人青年进去。楚洋没说话，身子一软，摔坐在草地上。我赶忙去扶，没扶起来，便也盘腿在他身边坐下，我不知该说些什么，一开始我和单娜都觉得他们不适合，楚洋却像捡到宝一样，这样的结果是必然的，迟早都会发生，只是发生得太早了一点。

不一会儿，我听到楚洋哽咽着说，我对她那么好，吃顿饭几百元新币，我吭都不吭一声，没想到她那样对我，太不值了。

我说：“都翻篇了，还有什么值不值的。”

楚洋固执地说：“不行，我还要去找她。”

我说：“找她干吗？”

楚洋说：“让她跟我再睡几次才能补回损失。”

这个楚洋，真让人受不了。

脸　面

母亲伸着脖子站在门口，目光顺着杂乱的街道爬过来，像两根藤条似的，一把拴在了我身上。镇上汽车站离家不远，两百米不到，我走得相当沉重，腿就像灌满了铅，沉甸甸地拖在地上，就仿佛不是走回来的，而是被母亲的目光牵

回了家里。

母亲说："回来了。"

我点点头，嘴巴张开，那声"妈"哽在嗓子里。

母亲又说："瘦多了……"话没说完，泪水已经涌了出来。她擦擦眼睛，就像是从里面揉掉一颗沙子。这是冬季的湘中，风很大，吹得母亲身上的衣衫不住地抖动。她穿得有点单薄。我歪过头去避风，不忍直视她的眼睛。小镇上正赶集，来来往往的人很多，绝大多数的面孔，我已经不认识了。有些人停下来，用陌生的眼光打量我。

母亲接过我手中的行李箱，进了屋。她往门外看一眼，拿出一根带钩的竹竿，举起来把卷闸门勾了下来。她伸脚踏着门边，用力一踩，卷闸门哗啦一声滑下来，带着一种金属的回音，把小镇上的嘈杂和冬天关在了外面。

屋子里暗下来。母亲拉开灯，把屋子照亮。她拿着行李，转了好一阵子，没有找到放置的地方，便满脸愧疚地对我说："家里实在太乱，人老了，收拾不过来，你看看，都已经不像个家了。"

我鼻子一阵发酸，没说话，竭力控制住情绪，没有让眼泪掉出来。母亲住的是一间门面，隔成两半，前面是裁缝铺，一些花花绿绿的碎布散落在地上，后面是她用来睡觉的地方，摆着衣柜和床，这两样东西一占，基本上就没剩下什么空间了。房子里连转个身都困难，确实不可能再放下一只箱子。但母亲还是找到了办法，她拿过一张塑料凳，站上去，将箱子举起来摆在了衣柜顶上。"这下好了。"母亲说。她弯着腰，把一个老迈的身体从凳子上挪下来，我赶紧伸手将她搀住。母亲比我还要瘦，那条胳膊落在我手里时，几乎感受不到重量。母亲拍拍手，灰尘腾起来，扑到衣柜门上，她用袖子轻轻拂去。这衣柜是母亲的陪嫁之物，摆在家里已经有几十年了。外公在世时，是镇上有头有脸的人物，家境不错，母亲出嫁那年，风风光光的有八抬嫁妆，从街头排到街尾。俗话说，男怕入错行，女怕嫁错郎。这句话我父母各占一半，家道中落是意料之中的事，当年的八件家具，逐渐老旧、被淘汰，最后只剩下这个衣柜。

衣柜是老式的，两扇门对着开，上面镶着玻璃。其中一扇门的玻璃下面，压着一张全家福，我们一家三口站在上面，用三十年前的目光，凝视着我们如今的这个家。这张全家福拍摄于一九八七年。那年我六岁，一个摄影师骑着马来到镇上，引起很多人的围观。当他把机器架在地上，告诉小镇上的人们，这东西可以把人留在一张纸片上之后，他的生意很快就兴旺起来。那天母亲给我穿上了过年时才穿的新衣服，她和父亲也换上了新装，我们一家人光鲜亮丽地站在了照相机前。在摄影师的指挥下，我们站好位置，用微笑调整好各自脸部的表情，随着“咔嚓”一声，一道闪光出来，我们一家人的形象便庄重地保留在了一张底片上面。不久之后，照片被冲洗出来，母亲拿在手里，端详了好一阵子，说：“真像。”

照片上，我站中间，母亲和父亲分站两边，他们各自伸出一只手，搭在我肩上。那时的母亲织着麻花辫子，脸上半边酒窝，穿着一件洗得雪白的衫衣，她的笑容里装满了那天的阳光。毫不夸张地说，我母亲年轻时长得真不错。父亲的形象却有点怪异，在他的身体四周，环绕着一条粘合之后的缝隙，就像一只笼子，将他牢牢囚住。父亲是在被我从照片上挖下来很长一段之后，又被母亲粘回去的。

记忆中，父亲以卖鱼为生。每天早上，他挑着鱼担出去，到了晚上，再带着一身鱼腥味回到家里，倒头便睡。在我的整个童年时期，父亲在我心中的形象，几乎就是个恍惚不定的背影。他最大的爱好是打牌，除去那些走街串巷卖鱼的时间，他把绝大部分的时间都用在了牌桌上。母亲根本管不住他，也不想管。父亲十赌九输，但他能守着自己的底线——只把赚来的钱输完，也就不打了，剩下的钱他要拿来进鱼。他的生活天天如此。这是个性格中充满矛盾的农民，挑起鱼担时，他起早贪黑，斤斤计较地做生意，这时他是个爱钱如命的人，可是到了牌桌上，他又视钱财如粪土，毫不心疼地把赚来的钱送进别人的口袋，自己口袋里则永远空空荡荡。至今回想起来，我仍然分不清楚，到底父亲留在我记忆中的哪个形象更为真实。

我十三岁那年，父亲挑着一担鱼出去了。那天父亲学会了一种新的赌博方式——押牌九。他坐下之后，连赢了十几把。在父亲的赌博生涯中，这大概是有史以来他第一次被命运眷顾，他摸着口袋里赢来的钱，汗水都流出来了。就在这一天，他被刺激着，有了发财的欲望。一个想发财的人，是守不住底线的。他的手气很快就用光了，这时他已经没办法收手，输光了身上所有的钱之后，他指着那担鱼说："把这个也押上。"

结果父亲把鱼担也输了，那是他的饭碗。他两手空空地回到家里。这次，母亲堵在门口，无论如何不让他进门。母亲说："输钱不能输脸，你把事情做过了头，这个门今天你是进不了了。"

父亲没说话，往屋子里看了一眼，转身就走。我跑到门外，看到一个凄凉的背影往小镇外面走去，那时候，我根本没有意识到，因为母亲口中的一个“脸”字，父亲会自此一去不返。母亲说：“没混出个人样，就不要回来了。”她的嗓门很大，把声音送出很远。从此以后，父亲真的就再也没有回来过，一走就是二十几年，至今杳无音讯，我们都不知道他去了哪里。

初三那年，学校开家长会，全班同学的身边，都站着一位父亲，只有我旁边空着，像个孤儿。回到家里之后，我用一把铅笔刀，将父亲从这张全家福上挖出来，一声不吭地扔在了墙角。此后的好些年里，只剩下一个轮廓的父亲，就像一个荒凉的黑洞，站在照片上，漠视着这个家里所发生的一切。我考上大学那年，母亲不知从哪里将那个被我挖掉的父亲找了出来，重新粘在了全家福上。母亲说：“你有出息了，给这个家长了脸，让他也看看。”

我没有反对，作为父亲，他应该享有这个权利。只是当时我有些伤感。父亲出走之后，我们一家人，便只能以照片的形式，团聚在这个破落的家里了。这种状况贯穿了母亲的大半生，一直延续到今日。母亲用衣袖拂去灰尘的这一瞬间，父亲在照片中，目光灼灼地望着我们。这让我有种奇怪的感觉，就仿佛父亲从未从我们生活中离开过。也许，母亲心里也是这么想的。

母亲独居之后，租下了这间门面。这个沉默寡言的女人似乎无所不能。她踩着一台老式的蝴蝶牌缝纫机，扛起父亲扔下的家，供我读完了大学。从母亲身上，旁人看到的也许是孤独，是贫穷，可是，我看到的却是一种我此生都无法抵达的坚忍。毕业之后，我最大的愿望就是让母亲过上好日子。可是一转眼，我已经三十多岁了，母亲还在这间裁缝铺里待着。我一直没能让母亲从这个破落的地方走出去。

大学毕业之后，我先是去了深圳，在一家外资公司工作。应该说，我还算争气，两年之后，我作为技术骨干被调到了新加坡总部。没想到的是，这一走就是八年。在这段漫长的时间里，我渐渐发现，在母亲生命中，事实上我已经成为一个类似于父亲的男人，将母亲抛弃在这座小镇上，只是相对于父亲来说，我选择了一种冠冕堂皇的方式。

在新加坡的第一年，我原本计划是要回国过年的。到了年底，我在电话里问母亲："想要带点什么吗？"

母亲说："什么都不用带，带张脸回来就好了。"

这让我心里一下子怯懦起来，言下之意，她期待我衣锦还乡。结果那年我放弃了回家。在此后的好些年里，我像个懦夫一样，以一种逃避的方式，疏远着母亲和那个远在万里之外的家乡。

在别人眼里，到了国外，就如同走进一座金矿，闭着眼睛也能发财。母亲也做过同样的梦。我到海外工作这件事，确实让她在小镇上风光过一阵子。起初的时候，我从万里之外给她打越洋电话时，她总跟我说想建房子的事。可是时间一长，她就闭口不提了。那些年我的真实状况是，我只能勉强养活自己，无力给家里任何帮助。我就像当年的父亲一样，在异国他乡，挑着一副沉重的生活担子，早出晚归，口袋里永远空空荡荡。可是在母亲对邻居的描述中，我被夸大成了一位成功人士——在大海的那边，我过着优越的生活，住着很大的房子。如此一来，我就更加不敢回乡了。我在外面风光无限，母亲却住在破落的门面里，这显然就是个笑话。因此，在新加坡的八年时间里，我从未回过这座小镇一次。阻止我回家的，不是万里汪洋，而是母亲常挂在嘴上的一张脸。

每年夏天，母亲都会离开小镇一段时间。她对别人说是要去新加坡看儿子。她穿戴整齐，带着行李，提着大包小包的特产，庄重地出门。可事实上，她去的是我一个小姨家，在那里住上一段时间之后，再穿着新衣服，光鲜地回到小镇。一直以来，母亲凭着虚构，向小镇上的人展示着她和我在新加坡的生活。这让我十分愧疚。在新加坡的八年，我隔着茫茫大海，始终在等候一个衣锦还乡的机会，这样我就可以带着母亲，走出国门，到那个儿子工作和生活的国家，来一次真正的旅游。这个目标很渺小，但实现起来并不容易。在海外，当然也有一些把生活过得蒸蒸日上的人，但大多数人的情况，还是像我这样，说是公司派遣，其实也就是高级一点的外来劳务工，拿着国内的工资，加上一点国外的生活补贴，那种举步维艰的辛酸，是很多人无法想象的。

直到今年，我的经济状况才有所转机。两年前我报读了一个 MBA 班，结识了一位澳洲的同学，他家乡是一座海滨小城，生产优质的红酒和巧克力。我和他一起在便利店里寄售巧克力和红酒，赚了些钱。随后我辞去工作，和他合伙开了一家贸易公司，把生意从新加坡做到了马来西亚和印尼几个国家。这让我在国外的生活有了起色。一年半的时间，我终于赚到了母亲一直以来挂在嘴上的那张脸。临近过年之际，我迫不及待地回到了家乡。我打算给母亲在镇上买套房子，也算是给自己在国外这些年一个交代。母亲住进去的同时，我的心也会安定下来。

第二天，我陪母亲去看房子。那栋房子在小镇边上，面向河流，背后是一座伤痕累累的荒山，爆破过的岩石像伤疤一样，触目惊心地在表层裸露着。20 世纪 80 年代，这座小镇上建了个水泥厂，开工之后，小镇上充满了连续不断的爆破声。那是国营企业如日中天的时期，水泥厂的迅速发展，使这座小镇的繁荣一度可以比肩县城。许多职工从外地来到这里，像城里人一样工作、生活。从他们身上散发出来的那种优越感，不断地刺激着小镇上的农民子弟，他们努力学习，将跳出农门作为人生的伟大目标。我就是其中之一。可是我考上大学的那年，大学已经实行并轨，不再分配工作。那时的国企也一落千丈，水泥厂的职工卸下了身份上的光环，沦落到连生活都举步维艰。水泥厂的没落，倒是让母亲的裁缝铺比以往更加兴旺。那些从生活转向生存的职工，一如既往地支撑着母亲裁缝铺里的生意。因为缝制的衣服不仅耐穿，且比从商店里买来的要便宜很多，况且母亲的手艺也确实不错，一些同时期流行的款式，看几眼，她就记在心里，回到裁缝铺里马上可以丝毫不差地做出来，她大概是小镇上的最后一名裁缝。

房子的卖主小时候我就认识，是一位被称作王姨的女人。记忆中，她跟母亲的关系很好。她调来水泥厂时，刚三十出头，那时她已经当上了水泥厂的财务科长，管着几千号人的钱，在小镇上很受尊敬，人们将她跟财神爷三个字联系在一起。她常到母亲的裁缝铺里做衣服，一做就是好几件，是母亲铺子里最大的一位主顾，一来二去，也就熟了。由于她做的衣服多，在收费方面，自然也要比别人优惠些，平时改个裤脚，修个拉链什么的，都免费。她也记着母亲的好，经常从水泥厂的食堂带些馒头、花卷之类的食品，作为对母亲的回馈。在那些年里，因为有王姨这么一个朋友，我可以像水泥厂的工人子弟那样，吃上那些在当时看起来很稀有的东西。那时王姨离婚不久，带着一个还没上学的女儿，母亲也单身，因此她和母亲之间，相处得就像一对亲姐妹。而我那些真正的亲戚，反倒与我们形同路人。父亲离家之后，母亲和我便被隔离在这个家族之外了。我的那些叔叔伯伯们，与我们家的关系，远不如王姨那么亲近。

由于在国企工作，又加上身居要职，王姨家里的条件是相当不错的，20世纪90年代末，她便在小镇上建了一幢很大的房子。水泥厂衰落之后，几千名职工流离失所，像她这种身居要职的，倒也没那么大的影响，反正该赚的钱也赚得差不多了。她主动申请下岗，拿着厂里给的一笔买断费，带着女儿去新加坡投奔了一个亲戚。她是小镇上第一个到国外的人，曾经引起过不小的轰动。自此之后，关于她的消息凤毛麟角，但据说她在那边过得很不错，这次回来，是要把小镇上的房子卖掉，她想在那边定居。当我提出来要给母亲买一套房子之后，母亲自然而然地想到了王姨。她说，买房子是件大事，还是熟人好说话。我同意母亲的说法，因为这样一来，可以省去很多不必要的环节。

缘分这东西真的很神奇，时隔多年之后，这两位情如姐妹的老友，因为一笔交易又见面了。母亲站在门外，举着手，怯怯地敲门。王姨把门拉开，盯着母亲，看了好一会，才惊愕地咦了一声，说：“我的老姐姐啊，看你这心操的，满头白发，我都快认不出来啦。”母亲说：“还是你好，一点没变样，跟个小姑娘似的。”她心安理得地接受了母亲的夸赞，说这倒是，那边的水土养人，环境好，生活条件也好。对这个岛国，她很有认同感，毫不吝惜地给予许多溢美之词。

我看了看，在穿着打扮上，她的确比母亲要年轻许多。她穿着一件风衣，脖子上束一条粉色的丝巾，头发一丝不苟，既得体，又庄重，看上去就像一位准备出席某次活动的商务人士。这让我有点自惭形秽。回国时，我还穿着一件T恤，一下飞机，才发现气温骤然降至零下，我赶紧在机场买了件羽绒服，随意套在身上就回来了。母亲看看她，又看看我，那目光似乎是在告诉我，从国外归来，就得像你王姨这样风光体面。我侧过身，把身上的衣服往下拽了拽。

我和母亲进了屋，王姨冲了两杯咖啡，端到我们面前。母亲看了一眼，说这东西她喝不习惯，要求换杯水。她把母亲那杯拿过去自己喝，给母亲换了杯白水，坐下来，和母亲开始闲聊。我坐在一旁，插不进嘴。当母亲的言语中透露出我也在新加坡工作时，她有些惊讶，说我怎么不去找她。我说我一直不知道她也在。她要我记得以后一定要去找她，多走动，有什么需要帮忙的，尽管说。我说谢谢。其实她去了新加坡的事，母亲早就对我说过了，也给过我她的联系方式，只是我不想去找。我不愿意让自己那副灰头土脸的形象出现在熟人眼里，在新加坡的这些年，每当有同学或者朋友到新加坡去游玩，给我打电话时，我总是找个借口，避而不见。

聊了一会儿，王姨把一位女孩从房间里叫出来了，是她的女儿。我离开小镇去上大学那年，还是个小学生，转眼间长成了大姑娘，眉眼之间，没有留下多少当年的影子。她跟王姨一样，一身的名牌，很夸张地穿在身上，说话时，表情也很夸张，汉语中不时蹦出几个英语单词。她略微与我交谈了几句，就回到房间里玩手机去了。王姨说她正在新加坡上大学，学校不太好。我问她，在哪家学校？王姨说，新加坡管理学院。我说，那也不错，在新加坡，那是数一数二的私立大学了。她说，这倒是，她又谈了一番国外的教育，并对国内的教育模式狠狠地抨击了一番，言语间有些愤懑。这两年我正在读 MBA，对这方面也算有所体会。新加坡的教育模式，走的是英国形式，比国内的人性化，但也没她说的那么夸张。我知道她的愤懑源自哪里，新加坡的私立大学，不管多么优秀，文凭拿到中国来，教育部都不认可。这边教育部只认可三所公立大学的学历。

接下来，母亲和她之间，渐渐无话可说。她们之间依然亲切，但时隔多年之后，各自经历的生活差异太大，使她们之间的谈话失去了交汇点。母亲的话题总离不开这座小镇。而王姨的谈话里，已经干净地将小镇剔除掉了。她跟母亲讲她在那边的生意。她现在开了家十几个人的公司，做贸易，主要销售厨具和食品，民以食为天啊，这个世界缺什么都可以，但不能缺厨具和食品，因此她的生意做得不错。在那边，她拿了绿卡，买了房，也买了车，这个鬼地方，房子一卖，她就用不着再回来了。她对母亲说："什么时候你也过去玩玩，费用算我的。"

母亲沉默着，没说话。她已经敏感地觉察到了，在她和王姨的谈话里，存在着截然不同的两个世界。见母亲没有表态，王姨把脸转向我，对我说："有时间你得带你妈过去玩玩，好好看看新加坡。"

我说："好的。"

母亲看了看我，低下头去喝水。她有个习惯，心里不自在时，就爱喝水。

接下来，我和王姨谈房子的事。其实也没什么要谈的，这栋房子属于农村自建房，无需去房产局过户，免去了一大堆烦琐的手续。她和母亲这么熟，我也没打算讲价。我们很快就达成一致，全款三十五万，十万定金，先以现金方式支付，剩下的二十五万，等我回新加坡后转账给她。她把拟好的合同拿出来，双方签好字之后，把钥匙交给我，说她收拾收拾，明天回新加坡，后天我们就可以住进来了。

回到家里，我重重地松了口气。母亲说得没错，还是熟人好办事，因为王姨，半天时间不到，我就了却了一桩缠绕八年之久的心事。我得感谢这位事业有成的女人。可母亲心里却有些不太自在，因为王姨把家具也折算了进去。她说没想到人都会变。我说，这很正常，她现在是商人了，利益至上。再说了，我们没占便宜，但至少也没吃亏。您说是吗？我问母亲。母亲答非所问地说："新加坡有什么好的。"我对母亲说："当然比不上这里了。"母亲就笑了。

春节过完，我回到新加坡，把母亲也带了过来。她嘴里说着不想来，但当我在县城里给她办好护照时，她脸上明显写着一种满足的表情。也许，这就是天下所有母亲在儿子面前的表达方式吧。

我花三天时间，带母亲去了金沙、鱼尾狮、滨海湾花园，圣淘沙、乌节路等景点。新加坡大部分景点都是免费的，母亲玩得很满足，这些世界一流的城市景观和人工美景，极大地满足了她对这座城市的期望。母亲很喜欢这里。但是过了一段时间之后，母亲就不肯出门了。她说新加坡太小，绕来绕去，也就那么几个地方，她觉得有些腻。她开始怀念起家乡那座小镇来，相比之下，她觉得还是中国好。她问我："以后没打算回国了吗？"我说："暂时先待着吧。"我也考虑过这个问题，不是不想回去，而是回不去了。故乡这东西，离开之后，就像一条连结着母体的脐带被一把剪刀剪断，很难再次建立起亲密的连接。

元宵节的前一天，母亲突然想起了王姨，计划着要和她见一面。好不容易来一趟新加坡，是应该聚一聚的，两家人在一起，也好热热闹闹地过个节。她让我带她去商场逛了一个上午，买了两身衣服，顺便做了个头发，回到住处，对着镜子照了半天，对自己焕然一新的形象很满意。她高高兴兴地打了个电话，王姨接了，电话里她很高兴，两人拉了些家常。当母亲说她到了新加坡，并诚恳邀她一起过元宵节时，电话里的热情顿时凝结了，语气急转直下，全然没有了刚接通电话时的喜悦。她说："我的老姐姐，过什么元宵节啊，这里是新加坡，不是中国，中国人才过元宵节。"然后她问母亲："姐，你还有别的事吗？"

母亲说："别的事倒没有……"

她说："没有我就先挂了，现在正忙着呢。"

母亲叹了口气，她说，新加坡怎么啦，过个节的时间都没有吗？我告诉母亲，这边的人都这样，时间宝贵。

事实的确如此，我在新加坡八年，从没跟同事吃过一顿饭，在新加坡人的观念里，工作关系绝不带入私人生活。

为了满足母亲的过节心理，元宵节这天晚上，我带她去了“牛车水”。“牛车水”就是新加坡的唐人街，以前华人都是用牛车拉水，所以牛车水这个名字就叫开了，比唐人街更加响亮。每年元宵节，这里都会有灯展，这是华人传统的活动，来唤醒他们在这座城市的中国情结。母亲高兴不已，母亲说，谁说新加坡不过元宵啊。我笑了笑，没回话，我知道母亲心里还在生王姨的气。

后来母亲逛累了，想吃汤圆，我便带她去珍珠坊后面的小贩中心。小贩中心是新加坡的一大特色，也叫熟食中心或食阁，每个街区都会有一两家，小小空间里，汇集着全世界各地的美食。

吃汤圆的人很多，熙熙攘攘。我排了半个小时的队，才找到一张桌子。我和母亲坐下之后。一位杂工模样的妇女过来了，系着条蓝色围裙，额前一缕头发凌乱地垂挂下来。当我不经意间看到她的脸时，我吓了一跳，这张脸我分明认识。她低头弯腰，手里抓着一块抹布，开始擦拭紧挨在我们旁边的一张桌子。这副落魄的样子，与我在家乡见到的那位体面的女人判若两人。

母亲也看到了，这女人擦完桌子，经过我们身边时，抬了下头，与母亲四目相对，她的目光就像被什么东西撞了一下，迅速弹了回去。她攥着那块抹布，慌慌张张地逃进了隔壁的一家小店里。母亲愣了片刻，似乎在确认着什么，当她回过神来之后，顾不上再吃汤圆，拉着我转身就走。

我说：“那不是王姨么。”

母亲说：“不是，你认错人了。”

我说："长得很像。"

母亲说："天底下长得像的人多了去了。"

说完她拽着我的胳膊，急急忙忙地离开了小贩中心。在巷子的拐角处，我停下来，忍不住回头往身后看了一眼。这女人从小店里又出来了，仍然弯着腰，利索地忙碌着，生活的艰辛很直观地挂在脸上，就像一张面具，让她的五官变得十分模糊。这时我突然明白了母亲的意思。

我对母亲说："我的确是认错人了。"

跳　板

我认识子轩是通过一个名为“狮城”的论坛。那段时间工作很轻松，没有压力的日子过得很无聊，我便想方设法找些事情来打发时间。在新加坡像我这样的人估计还不少，各种活动召集在论坛很频繁，如果你懂摄影、美食或钟爱某项运动，很容易在论坛里找到组织。我天性不喜欢运动，崇尚生命的奥妙在于安静和思考；我饮食专一，只爱湖南菜，对其他山珍海味视而不见；我不讨厌摄影，但总认为摄影缺少创造。我在论坛里逛来逛去，毫无目标，心里却通透，如果不给自己打开心门，那就只能躺在自己的斗室里孤独至老。一个偶然的机会，我在论坛看到了子轩的活动召集帖，说下午二点，滨海湾音乐厅，免费音乐会。我没去听过音乐会，缺乏对音乐的激情，不过“免费”这两个字吸引了我，闲着也是闲着，我决定响应子轩的活动。

我准时赶到音乐厅，在约定的地方我只看到一个戴着眼镜的男人，三十多岁，中等个头，背着一个黑色的双肩包，站在那里东张西望。我走过去，问他是子轩吗？他说是的，你一定是十年。我说其他人呢？他说没其他人，就我俩。这个回答出人意料，我不解地看着子轩，子轩说，只有你一个人响应，两个人的活动也得办，不然没诚信。我觉得这个子轩人还不错，就是有点迂。不过两个第一次见面的大男人一起去听音乐会，让我难以接受。可是人都出来了，总要找点事情做，回去也是无聊。于是我建议一起去对面的玛丽娜商城打保龄球。我曾经在球馆旁边的电影院看过电影，熟知球馆位置，这是在附近比较合适两个男人活动的地方。

我其实没有打过保龄球，子轩却是高手，打出的都是弧线球。子轩教我练弧线球，我试了几次，就是掌握不了要领，不如直来直去爽快。子轩说，你是新手，现在是一张白纸，更好塑形，要是一开始就用了不正确的姿势，以后就很难改，后悔也来不及了。我的想法不同，打球纯粹是为了娱乐，又没想着把打保龄球当职业，没有什么后悔不后悔的。子轩每出一球，都会一丝不苟地分析和改善，分数平均也只有150左右。而我依然我行我素，任性妄为，没想到竟然也打出114分的好成绩。

打球成绩不错，心情也跟着大好。打完球，我请子轩吃饭，跟他以这样的方式认识，也是缘分。子轩喜欢吃螃蟹，他点了新加坡有名的黑胡椒螃蟹，我不吃海鲜，只点了一盘辣椒炒肉，一盘蔬菜和四瓶啤酒。黑胡椒螃蟹价格很贵，在普通食阁都要六十新币。子轩吃得很细致，哪怕几根细脚里的小条肉丝，他也要想办法抽出来，沾上酱料吃掉。这很好，这么贵的菜，如果有浪费，我会心疼。一顿饭一百多，超出我的预期，我有点耿耿于怀，这个子轩怎么这么不客气呢。

吃饭期间，我们有一搭没一搭地聊着各自的情况，我没想到子轩竟然是学霸，当年在北大读本科，又在新加坡国立大学拿了两个硕士，一个是计算机应用，一个是工商管理。又赶上新加坡大力引进人才的时期，他人还没毕业，MOM就给他发了邀请函，请他入籍。毕业不到两年，子轩就成了新加坡人。子轩虽然其貌不扬，但怀着三张金灿灿的文凭和一个同样金灿灿的身份，必然能吸引不少女孩子，却像我一样无聊地找聚会，让我不解。我问他这个问题时，他说他离婚了，前妻是通过QQ认识的，哈尔滨人，人长得漂亮高挑，英语也不错，他特意飞去哈尔滨见她，第一次见面就被她迷住了，他们认识三个月就结了婚，并顺利把她带到了新加坡，他们的好日子过了一年。第二年，他也给她申请入籍，妻随夫籍，很正常，移民局也做了家访，并没有发现问题，便批准了。没想到那本红色的护照一到手，她就变了，变得蛮横无理，对他指手画脚，颐指气使。子轩是老实人，人生大事，既然做了选择，也得忍下去。没想到忍不下去的反而是她，她提出离婚，声称当初结婚就是为了移民，把他当跳板而已，让他识趣而退。他气不过，又无可奈何，再也没法和这样的女人过下去，只有把婚给离了。我问子轩为什么不在新加坡本地找，非得舍近求远呢？子轩说，新加坡女孩眼高于顶，正宗的本国人都看不上，又怎么会看上新移民？子轩不胜酒量，两瓶下肚，面颊便发红，讲话也少了顾忌。他说完自己的婚姻故事，总结道，网络上，没一个好女人，都是骗子。

子轩的话有些极端，大概是受了婚姻刺激的缘故。我不愿意继续谈这个话题，人们都不喜欢听别人诉苦，我也一样。我把话题转移到他的工作上，他告诉我他在一所理工学院负责学校的计算机系统，年薪十万元新币。这是一份令人羡慕的工作和薪水。但子轩并不满意，他认为他们学校很多人比他能力低，薪水却比他拿得高。

难怪他的前妻会离他而去，对生活总是抱怨的男人不讨人喜欢，女人都喜欢阳光、乐观和自信的男人。这是我心里对子轩的评价，但对一个初次见面的人，这些话我不能说出来。不过我还是好意地提醒他，他的收入至少超过60% 的新加坡人了。

餐后，我去买单，一百二十元新币，对我来说是奢侈了一顿。回到座位，没想到子轩递给我九十元新币，并且解释道，那只螃蟹是他一个人吃的，所以他一个人出这道菜的钱，另外六十各出一半。他算得那么清楚，我哪里好意思收，把他拿钱的手往外推。子轩郑重地说，希望我能收下，我不能让他有亏欠感，这样对他不公平。

这是典型的西式思维，我很诧异大学毕业才出国的子轩，竟然也应用得如此娴熟，就如与生俱来的一样。这或许就是他的本性，不想占人家便宜，也不能吃亏，无论大事小事，要严肃认真。作为普通朋友，这样最好，君子之交淡如水。只是如果在恋爱和婚姻中这样较真，其结果恐怕又是另一种情况了。

和子轩交往，没有压力，我们周末常常约了一起去打保龄球，正如子轩所料，直线式掷球方法没法让技术精进，我一直在100到120分区间内徘徊。不过子轩也没什么进步，据说保龄球打到一定层次，技术已经不再是决定性作用，专业和非专业的区别是专业的人能让每一个球掷出的线路如出一辙，而非专业的人总有偏差。我无所谓，只是抱着消磨时间的想法。其实子轩也并没有立志做专业选手，但一到场球，他的神经就自然而然地绷紧了，他希望不浪费任何一个可以改进球技的机会。

通过打球和吃饭，我们逐渐熟稔起来。我开玩笑说他工资高，让他请客。他犹豫了好一会才说，仅此一次，下不为例。但吃完饭后，我还是会把我的那一半钱付给他，我只是想看他郑重其事的样子，他愿意请客是因为他把我当作朋友了。我们也常谈到女人，他来新加坡时间长，带我参加过一些单身聚会，这些聚会通常男多女少，人人都面带微笑，相敬如宾，子轩通常把每个陌生女孩的电话都要到手，而我无动于衷，我很难对这些戴着面具的女孩子产生兴趣。我问子轩有没有选定目标，子轩摇摇头，说，要攻破这些女孩子的防线，太难了，异国他乡，她们不相信任何心怀异想的男人。我觉得除了这一点，还有其他因素，比如相貌、年龄、性格、经济和收入等，现在的女孩子都不傻，子轩除了几张文凭和一个护照外，其他都是减分项，她们在聚会上每碰到一个男人，都会暗地里给他们做计算。这就是我不跟她们交往的原因，我自己早已把自己算清楚了，几乎不会有胜算，徒费精力罢了。子轩是典型的智商高情商低的男人，他不会给自己做计算，我也不会跟他说，怕伤他自尊，让他自己去探索和领悟更好。

后来，我巧遇单娜，一个让我神魂颠倒的女人，占据了我大部分空余时间，我跟子轩交往就少了。他知道我有了女朋友，也知趣地不给我们做电灯泡。有一天，我突然接到他的电话，约我和单娜去他家吃饭，这可是破天荒第一次，我追问他有什么喜事，他说我们过去就知道了。我请示单娜的意见，单娜让我自己去，她和子轩不熟，不喜欢和陌生人交往，刻意带上笑容去迎合别人。

我买了一瓶红酒和一些水果当礼物，去了子轩位于淡宾尼的家。子轩买的是组屋，政府只允许已婚的公民和永久居民购买。子轩开的门，他领我参观他的家，他的房间很宽敞，地板干干净净，物品摆放得整整齐齐，不像是一个单身汉的住所。事实上，我猜得没错，厨房里传出女人的声音，我走到厨房门口，看到一个清瘦苗条的女孩，正在处理一条鲈鱼，年龄看起来不大，像个学生，处理鱼的手法却很老到。我拍了拍子轩的肩膀说："兄弟，不错呀，老牛啃嫩草，又上得厅堂，下得厨房。"子轩只是傻笑，满足之情，溢于言外。他领我去阳台喝茶，阳台也被精心修饰过了，靠边放了一圈盆栽，看起来绿意盎然。阳台中间摆了一套茶几，一套陶瓷茶具，原来乱糟糟的地方大变样，成了休闲聊天的好地方。我惊奇地看着这些变化，心想，这个女人还真勤快。

子轩给我倒了茶，我迫不及待地问他怎么回事？子轩说，你知道前阵子我去了趟潮州，我跟你说是去旅游，其实我是去见她，双方觉得还可以，她就跟我过来了。原来是潮汕女孩，难怪那么贤惠，潮汕女孩大多是比较传统的中国女人，她们忠于家庭，相夫教子，名声在外，让我悬着的心降了一半。我再问子轩他们是怎么认识的？子轩说还是通过 QQ。

你不是认为网络上的女人都是骗子吗？怎么还玩 QQ？我一脸疑问。

子轩说："刚开始时我的确痛恨网络，后来碰到了以昕，她改变了我的看法。不能够以偏概全，一叶障目。"

我表示赞同。我问他："不担心再次被骗吗？"

子轩说，骗就骗吧，认命了，总比一个人孤零零强。

我们正聊着，那个叫以昕的女孩喊我们吃饭了，菜做得很丰盛，一个花生焖猪脚，一条清蒸鲈鱼，一碗牛杂汤，一盘清炒红萝卜。我开了红酒，以昕找来三个纸杯，很抱歉地跟我说，没有红酒杯，让我见谅。这个女孩礼貌周到，举止端庄，让我很有好感。我端起纸杯，敬他们开启了新的篇章。他们回敬，其乐融融。

一回生二回熟，我们经常会在子轩家里聚餐，以昕主厨，变着花样做给我们吃。她每天晚上有煲老火汤的习惯，睡觉前把食材全部准备好，用专用陶盅放在温火上煲一个通宵，早上起来就可以喝了。子轩也喜欢喝，上班前喝一碗当早餐，整天都神清气爽。

过了半年，子轩气色好了很多，腰围粗了，肚子也鼓了。

以昕表现完美，贤淑得没话说。我问什么时候能喝他们的喜酒。子轩跟我说还要等两年。这次子轩学乖了，他并没有急着结婚，他给以昕办的是学生准证，在私立的 MDIS 报了个本科班，学制三年，有三年时间磨合还没问题，这婚就能结了。我劝他早点把事办了，免得夜长梦多。子轩说，这次肯定没问题，以昕家里有七姊妹，家境并不好，我资助她来新加坡读书，她很感激，也懂得感恩，有了这份感恩之心，我们会长久的。

子轩说起这事，自豪而得意，信心十足。我却依然有些担心。如果我是子轩，就早点把证给办了。

三年后，以昕顺利毕业，让我帮忙拍毕业照。我背着照相设备，子轩提着她的毕业袍和帽子，在新加坡的几个标志性景点，跟在她身后拍了一整天。晚上我们开了个小型的庆祝派对，我问以昕有什么打算，她说她找好工作了，休息几天就去上班。以昕漂亮、机灵、勤劳又上进，很多公司都喜欢这样的员工。反观子轩，啤酒肚，水桶腰，又矮又黑，两个人走在一起，反差巨大，我有种不祥的预感。

果然不出我所料，工作不到半年，以昕便提出搬出子轩的房子。她走之前跟子轩长谈了一次，她说，她很感激子轩，但感激并不是爱，她还年轻，还有广阔的世界在等着她，她说她能赚钱了，欠子轩这几年的学费、生活费她会还的。子轩舍不得让她走，求她留下来。以昕却求他放了她，她去意已决。她跟子轩说，她把她最好的三年青春给了他，那就是她给子轩的回报。

子轩伤心欲绝。他找我去酒吧喝酒，不停地给自己灌酒，不一会儿就喝多了，趴在桌上，眼泪直流，后悔没听我的早点把事给办了。我问他总共在以昕身上花了多少钱。子轩呜咽着说，六万五。

子轩的数报得很准，没有拖泥带水，看来还没有醉，可以多喝一点。喝醉了也没事，我会把他弄回家，我认为子轩需要好好醉一场。

第二身份

我是在露西的派对上认识山本的。听名字就知道，山本是日本人，他是个二十多岁的小伙子，在一家跨国公司做销售，总是穿着正装参加派对，对任何人都是彬彬有礼，面带微笑。

那是我第一次参加外国人的派对，地点在克拉码头的NOLARE酒吧。派对召集者露西是一位金发碧眼的姑娘，来自英国，举止大方，对人热情和善，大家都喜欢她。她见我独自一人，便把我安排坐在山本的身边，在她眼里，日本人和中国人差不多，她分不出来，就像我们分不清法国人和英国人一样。这样的派对在新加坡很多，新加坡是个移民国家，国际大都会，有来自世界各国的人在这里工作和生活。身处异国他乡，大家都孤独，EXPATS 论坛上每天都有各种派对信息发布。

我的工作很轻松，朝九晚五，周末双休，空余时间很多，总得想办法打发。同事们指望不上，他们从不会把下班后的时间花在同事身上。所以，自己要想办法找事做。有一次，我在东海岸路的星巴克碰到一群欧美人，他们各自端着一杯咖啡，聚集在门廊边聊天，不时开怀大笑，看起来很开心。我坐得近，听到他们不时提到一个叫 EXPATS 的网站。他们走后，我很好奇，一回到家，就用谷歌找到那个网站，我惊奇地发现，EXPATS 和中国人聚集的狮城论坛很相似，除中国外的各个国家在新加坡工作、学习或定居的新移民都在那里活动。而中国人的狮城论坛同样鲜有外国人的身影。

这个发现很有趣，世界在新加坡的网络上被简单地分为两大块，一块是中国人的，另一块是非中国人的。这两块中间有条大鸿沟。我无意中跨越了这道鸿沟，像发现了新大陆一样兴奋，兴致勃勃地在 EXPATS 上逛了一整天，上面有很多版块功能，类似于狮城论坛，同样，也有很多聚会邀请帖发布，他们并不说是聚会，而是用派对这个词。派对大多在酒吧、咖啡馆、餐吧或夜场等地方举行。我参加过狮城论坛的几次聚会，索然无味。而 EXPATS 上的派对，光听名字就让人兴奋，我决心参与其中。我在其中一个帖子后面留了言，不久，我收到了主办者露西的留言，说很欢迎。

露西把我安排在山本身边是一片好心，我无所谓，反而山本有些不自在，他的礼貌和微笑都有些僵硬，英语说得结结巴巴，我碰到的日本人大多是这样，我倒并没有在意。露西叫我们自己去点酒，我叫了一杯威士忌加冰，山本叫了一杯生啤。露西的派对和中国人聚会的AA制形式不同，露西只负责订台和组织，要喝什么吃什么自己付钱自己点，各顾各的，食量少或不善饮酒的人可以少付钱，而且可以选自己喜欢的酒水饮料，很公平，我喜欢这样。

我和山本互相简单介绍后便很少交流，专心听别人高谈阔论。在我们这一桌，有一位来自纽约的黑人，叫布莱恩，他说得很多，喜欢咧着嘴笑，笑的时候露出一口白牙，是那种很干净的笑容，给人春风满面的感觉。当他知道我是中国人时，便聊起他的朋友在北京的故事，他那朋友当年有个来自北京的女朋友，他朋友想分手，女孩不愿意，便偷了他朋友的护照不让他回国。他去找女孩，却被女孩的一大堆家人声讨，父母叔伯三姑六姨都过来了。他朋友报了警，警察说这是他们的家务事，管不了，只让他们协商解决。最后，他朋友赔了五千美金才拿回护照。同桌的欧美人都惊奇，他们认为这是敲诈行为。只有山本微笑不语，他能懂，亚洲文化相差并不大。

我们桌还有一个叫麦克的德国留学生，我问他对新加坡有什么感触？他说，这里烟酒都比德国贵，贵得最离谱的是避孕套，这里避孕套竟然十五元新币一盒，一盒才三个！他用很夸张而惊诧的语气说：“不敢相信，在这里，哪怕跟自己老婆做爱居然都要付五元新币一次，在德国一块钱就够了。”他的话让大家乐不可支。我喜欢这样的交流，自由随性，想说什么就说什么。派对一直持续到凌晨三点，大伙儿一起喝酒、聊天、听歌、抽烟和跳舞，像认识多年的朋友。连一贯拘谨的山本，也被布莱恩拉向舞池，笨拙地扭着屁股，像一只划水的大乌龟。

后来我又参加了露西的很多次派对，我和山本总是被安排在一起。他对自己的事情聊得很少，我只知道他来自东京，其他的一无所知。我同样不愿跟他聊起我的事情。有时，我也寻思着不能对山本太漠然，他是个好人，相处这么久，并没有发现他有什么让人难以忍受的坏习惯。可当我要表达友好的时候，山本却避而远之。看来我俩就是两条平行线，永远难以相交。可事实上，意外不可预测，平衡很快就被打破。

露西的派对花样百出，她总会想出些令人快乐的点子。一个周末，她带领大家在圣淘沙西罗索海滩，那里有人工冲浪池、泡沫舞池、水中吧台和沙滩排球，大家都能找到喜欢玩的项目。露西个人赞助一箱六支装的冰镇气泡酒，大家摇着酒瓶，酒花在气浪的冲击下，一起洒向天空，蔚为壮观。派对气氛和谐欢快，在露西的带动和感染下，每个人都放开心胸，结交朋友。我喝了几杯气泡酒，心情愉快，躺在沙滩边阴凉处的草席上看他们打沙滩排球。过了不久，肚子便咕噜地响起来，我心想，糟糕，肚子受凉了。我了解我的肚子，稍不小心，就会受凉，估计是海风惹的祸。

我走了很远才找到厕所，里面有五个厕位，其中一个空着，运气不错，不用排队。大多数厕所都一样，隔音不好，我听得到左边厕位有人翻折报纸的声音，右边有人在打电话，打电话的声音时断时续，很明显在刻意压低声音说话。只是我对那语言太过熟悉，不管声音怎样细小，我还是听出来了，他讲的是地道的长沙方言。没想到在厕所还能碰到湖南老乡，看来世界还真小。

我并不想在厕所结识老乡，那会让人很尴尬。我甚至刻意躲避，提前出厕，可我们还是迎面相逢了。我不敢相信我的眼睛，那个握着手机，推门出来的人竟然是山本。没错，那个人就是山本。山本没想到会看到我，呆立在那里，不知所措。我先回过神来，不想让彼此太尴尬，一声没吭，头也不回地走出厕所。一边走，一边纳闷：这是怎么回事？山本还会讲一口流利的长沙话？

回到沙滩，我无心玩乐，我想找山本把事情弄清楚。可过了许久，我也没有看到山本回来，我觉得奇怪，又跑回厕所去查看，我才明白，山本已经不辞而别。山本没有再参加过露西的派对，电话也改了号码。露西觉得奇怪，特别给山本在 FACEBOOK 和 EXPATS 留言，山本也没有回复。她问我知不知道山本出了什么事？我说不知道。露西说，真是一个怪人。其实我比露西更想知道山本到底怎么了，长沙话之谜一直缠绕在心里，久久无法释怀。

后来，因为工作和学业都很紧张，我也很少再去露西的派对。露西在 FACEBOOK 里建了一个群，我经常能在群里看到他们的活动。露西是个精力充沛的姑娘，有她在就有派对，她的这个群活跃了两三年，直到有一天，露西沉静了下来，群也静了。有人说，露西离开了新加坡，她找到了她的白马王子，回国结婚去了。

硕士毕业后，公司调整了我的工作，让我做大客户销售经理，这个职位是公司对接客户的窗口，要求上班和出差都要穿正装和打领带。如果是出席大型会议，还要求穿西装。这对一贯穿着随意的我有些为难，但工作需要，我也必须服从。有失必有得，做业务除了收入更高外，公司还有每月八百元新币的交通补助，让我不用再每天挤公交，而有足够的费用打出租车。因此，跟出租车司机的接触也多了很多。新加坡的出租车司机是一个很特殊的群体，他们都是语言天才，大多数精通英语、中文、马来语等三四种语言，他们善于观察，眼光锐利。他们对人的判断首先是通过穿着打扮，能分辨出一个大概；随后司机会礼貌地用英语问好和问路，通过你的回答，他们能把你的身份猜出个八九不离十；行车后他们喜欢和乘客聊天，不出几分钟，他们便对你十分了解了。

曾经，我衣着随便，通常都不需要自报身份，出租车司机们都能猜出我来自中国，对待中国人，他们自豪而傲慢，毫无疑问，他们认为作为新加坡人的出租车司机要比作为中国人的中层管理社会地位要高一个等级。可我现在变了，我在富人区的东海岸租了一套房子，每天出门衣冠楚楚，彬彬有礼，司机们用英语问话，我用英语回答。很显然，我的打扮不像中国人，我的英语口音不像本地华人，我的举止不像韩国人，只有一种可能，那就是日本人。无数次，我被出租车司机们问道：你是日本人吗？

他们问候和问话的时候是卑谦的，他们喜欢日本，尊重日本人，这个时候，他们是司机，我是尊贵的客人。当我告诉他们我是中国人时，他们的态度立马就变了：你是中国人？不早说？还跟我说英语？一副浪费他时间和表情的样子。有一次，我恶作剧似的回答司机的问话：是的，我来自日本东京。司机对我的身份毫不怀疑，一路毕恭毕敬地陪我聊天，我故意将英语讲得结结巴巴，一个词一个词往外蹦。故意做出一脸微笑，司机每说一句话，我都会适当地附和，哪怕有不同意见，我也会礼貌地说对不起。日本人都这样。我用表面的彬彬有礼掩盖内心对司机的嘲笑和蔑视，这样的场景是如此的熟悉，我想起了山本，那个能讲一口流利的长沙方言的“日本人”，他的音容笑貌是那么的清晰，似乎正坐在我身边，教我怎样做一个日本人。

我到达目的地时，司机还特意跑过来给我开门，微笑着跟我道别，祝我有愉快的一天。我把同样的祝福送给他。山本一直都是这样彬彬有礼的，我要跟山本学习。出租车绝尘而去，我对出租车做了一个下流的手势。山本不会这样做，彬彬有礼逐渐成为他性格中的一部分。但中国人会，因为礼尚往来也是中国人的天性，有恩报恩，有怨报怨，从不含糊。

梅煜的烦恼

梅煜和石头是朋友，他们是打游戏认识的，游戏世界里，他俩是搭档。而现实中，石头大有来头，是国内某著名地产商的公子，他们家在圣淘沙的靠海别墅价值过亿新币，有私人海滩和恒温游泳池，请了六个仆人照顾石头兄弟俩在新加坡读书。

我和梅煜是室友，我是一位外企工程师，他是留学中介，我们合租了一个二居室的小公寓。他常常在我面前讲述石头家的奢华，其实梅煜也仅仅受邀去过一次，但一次已经让他毕生难忘。那次石头在家里举办派对，邀请了许多俊男靓女，梅煜也在受邀之列。他跟我说，石头家的豪车就有三部，一部劳斯莱斯幻影，一部玛莎拉蒂超跑，还有一部宾利欧陆。他说他最喜欢宾利，雍容典雅，是他理想中的座驾，做梦都想拥有一辆。

我说他这是白日梦，他说有梦才有希望。他说得也有道理。不过身为小职员，我有自知之明，不会做这样的梦，梅煜则不同，他的梦很大。特别是他认识石头后，石头经常带他参加派对。梅煜会唱会跳，会喝酒搞怪，最重要的是，他手上有很多留学女生资源，让石头对他另眼相看，因为派对需要漂亮的女孩子，他可以源源不断地给派对输送新鲜的女生，这些清纯的女生很快成为富二代们追逐的猎物，在糖衣炮弹和甜言蜜语的围攻下迅速沦陷。

梅煜偶尔也会从派对上带女孩子回家。那天我见梅煜房门虚掩，便推门进去，梅煜穿着一条大裤衩，在玩游戏，床上睡着一个女孩。冷气开得比较足，女孩用被子把自己包得紧紧的，只剩一缕长发留在外面。梅煜招呼我在沙发椅上坐，我不好意思，想退出去。梅煜不由分说地就拉我坐下，看他玩游戏。梅煜玩的是《侠盗猎人》，那是一款代入式游戏，玩家把自己化身为游戏主角，在虚拟的城市里我行我素。旁观者也像在看电影一样，颇为过瘾。

女孩醒来了，在被子里哼了一声。我意识到应该出去，便赶紧起身。梅煜不理会女孩，又拉我坐下，我正想说点什么，看到梅煜在朝我使眼色，我只有继续坐着。女孩见梅煜一直不理她，忍无可忍，在被子里摸索着把衣服穿好，提着她的香奈儿挎包，头也不回地离开了。梅煜面无表情地说，别忘了把门关上。不一会儿，便听到砰的一声响，女孩脾气可真大，关门用足了力道。女孩清秀漂亮，我不由为梅煜惋惜，要是换了我，一定会好好待人家。

我问梅煜女孩是什么人？梅煜说，TMC 的留学生。过来读私立学校的留学生，大多家境不错，但成绩不好，考不上大学，父母便把她们送到新加坡读书，混个留学文凭。这些女孩子，在国内被管着不敢放肆，一到国外，脱离父母的管控后，心很容易变野。

他说留学生刚来时还是很纯的，在新加坡初来乍到，什么都不懂，石头他们这些富二代乘虚而入，他们又有钱又好玩，坐名车住豪宅，灯红酒绿，挥金如土，哪个女孩顶得住诱惑呢？他说他只是在石头的派对上时不时捡个漏而已。

梅煜的话让我吃惊，这些女孩在家都是公主，在异国他乡便成了富二代们的玩物，让人痛心。我说他是罪魁祸首，把好端端的女孩子们往火坑里推。梅煜不以为然地说，苍蝇不叮无缝的蛋，派对就像个过滤器，经得住诱惑的自然会洁身自好，经不住诱惑的迟早会沦为“公共汽车”。我不敢想象有多少良家女孩因此堕落，劝梅煜少跟着石头混，少干些坏事。梅煜反驳说我落伍了，谁都喜欢夜夜笙歌的生活，漂亮女孩子随便带回家，更重要的是，石头的圈子代表着有更多的机会。我无言以对，梅煜认识石头后思想跟着就变了。看来，石头的圈子还真是个大染缸，一跳进去，男孩女孩都不能幸免，洁身而退。

后来，我又见梅煜带过不少女孩回家，交往时间不一，有些一两天，最长的也就两个月。这些打扮时髦的女孩像花蝴蝶一样在梅煜的房间里飘来荡去，真让人羡慕。我内心也有过动摇，渴望放纵，让梅煜带我去玩过几次。那些派对都是年轻人的狂欢，洋酒和香槟像水一样任喝，暧昧的味道充斥着每一寸空间，来这里的男男女女都扮演着猎人和猎物两种身份，做猎人的同时也在被人猎。每次，我都被那些久经沙场的女孩子轻轻松松地灌醉，每次都是被梅煜扛回家，同样被人扛回家的还有那些初来乍到的女生，她们只要一来派对，无一能幸免被灌倒的命运，直到百炼成钢，成为酒神。派对混久了，每个人都将成为酒神，我拼不过，只能靠边站。

梅煜也很拼，通宵玩乐，经常黑白颠倒。我问梅煜累不累？梅煜说不累，他是在为理想而奋斗。我一脸愕然，派对、泡妞和理想也能挂上钩？梅煜说石头的圈子对他来说就是个宝库，机会正在某一个角落等着他，他迟早能找到它。我看不出来，除了多泡几个妞，还能有什么机会。但梅煜言之凿凿，似乎早已胸有成竹。

有一天，梅煜带回来一个女孩，女孩长相一般，微胖，脸有些宽，如果不是手中的限量版爱玛士包包，在人群里肯定会被忽略。但梅煜一改常态，对她毕恭毕敬，百般迁就。女孩叫橙子，听梅煜说起我做的酸菜炒肉很好吃，便到我们家来见识见识。梅煜把我的厨艺也作为他泡妞的砝码，这是破天荒第一次，直觉告诉我，这女孩来路不凡。

我们各做了两道家常菜，梅煜学过西餐，做的黑胡椒牛肉色香味俱佳。我做的酸菜炒肉，很开胃。酒是梅煜在机场免税店买的21年陈年威士忌，很温馨的家庭小聚，橙子很满意，梅煜为了讨橙子开心可是费了不少工夫。送走橙子后，我问梅煜怎么回事？他说，橙子就是他等待的机会。我不解。梅煜说，石头带他去过一次橙子的家，那是一幢高层豪华公寓，石头开着他那辆玛莎拉蒂，直接驶入专用电梯，进入了橙子家的客厅。他都不敢相信，橙子家的客厅竟然设计了三个这样的停车位，可想而知橙子家有多富有。听着梅煜的描述，我也很惊叹橙子家的豪华。我问梅煜橙子什么来头。梅煜说，橙子家和石头家是世交，他也只知道这么多。

认识橙子后，梅煜又变老实了。他说要为橙子守身，要给橙子好印象。梅煜长得高大帅气，幽默风趣，体贴入微，这些都让橙子喜欢，但他俩都心知肚明，橙子的父亲不可能允许他们在一起，所以他们一直秘密交往。梅煜绝对不会放弃这样一个好机会，他铤而走险，让橙子意外怀孕了。

橙子坚持要这个孩子。她跟她父亲抗争了半年，甚至离家出走，逼她父亲妥协。梅煜最终成功了，她父亲同意了这门亲事，他们把婚礼定在普吉岛。那年九月，我参加了他们的婚礼，橙子挺着个大肚子，满脸幸福。婚礼很奢华，在普吉南部 PANWA 一个别墅庄园举行。庄园矗立在一个小山上，三面环海，风景秀丽。石头便是庄园的主人，他无偿为梅煜赞助婚礼场地。

我提前到场为梅煜打下手，做些杂活，到场的客人大部分是女方家的，非富即贵。我说不上话，也不方便说话，逢人便微笑，像个傻瓜。婚礼前夜，一切安排妥当后，已经是凌晨两点，我正准备睡觉，却接到梅煜的电话，他问我有没有睡？我说准备睡了。他说他过来，想和我说说话。

我尽管很累，但仍然答应了他，这个时候，新郎为大。

梅煜过来时，拿了两罐啤酒。我们一人一罐，坐在阳台上的沙发上，一边喝酒一边聊天。石头家的庄园很大，一座山布满了数十座大大小小的别墅，每座别墅都面对着PANWA海湾，配有小型泳池和阳台。我第一次住这样豪华的房子，每晚都难以入眠。那一晚月亮很圆很亮，远处的海面在月光的照耀下，闪着幽幽的蓝光。不远处的另一幢大别墅里还传来喧闹声，那是石头的朋友们，他们都是夜猫子。

我问梅煜怎么了？

梅煜说心里烦，有些话跟别人不能聊，只能跟我聊。

我说我很荣幸。

梅煜说，不久前橙子的父亲跟他谈了一次话，说他反正长年在国内，新加坡的公寓就给他们了，还承诺给他买一台宾利，正是梅煜喜欢的那款，梅煜什么都不用做，只需要照顾好橙子和孩子就好。

我说这很好呀，不正是你想要的吗？

可是老头有个条件，生下来的孩子要跟他姓。梅煜快快地说。

我有些意外，问他答应了没有？

梅煜说，不答应还能怎么办，我还有别的选择吗？

梅煜是独生子，家里当然也希望梅煜继承香火，他们从没想过梅煜会成为上门女婿。难怪梅煜的家人都没来，我很早就感觉梅煜不正常，原来是这么回事。梅煜一直唉声叹气，这么多宾客里，他只可以跟我唉声叹气，做回他自己。

这真是美中不足，我也替梅煜难过，可内心深处还是有些幸灾乐祸，我因此很自责，感觉我对不起朋友。我也是第一次碰到这种事，不知怎么开口去安慰，只是拿着啤酒罐不停地跟他碰杯喝酒，不停地跟他说，想开点，至少还有宾利和豪宅。

在劫难逃

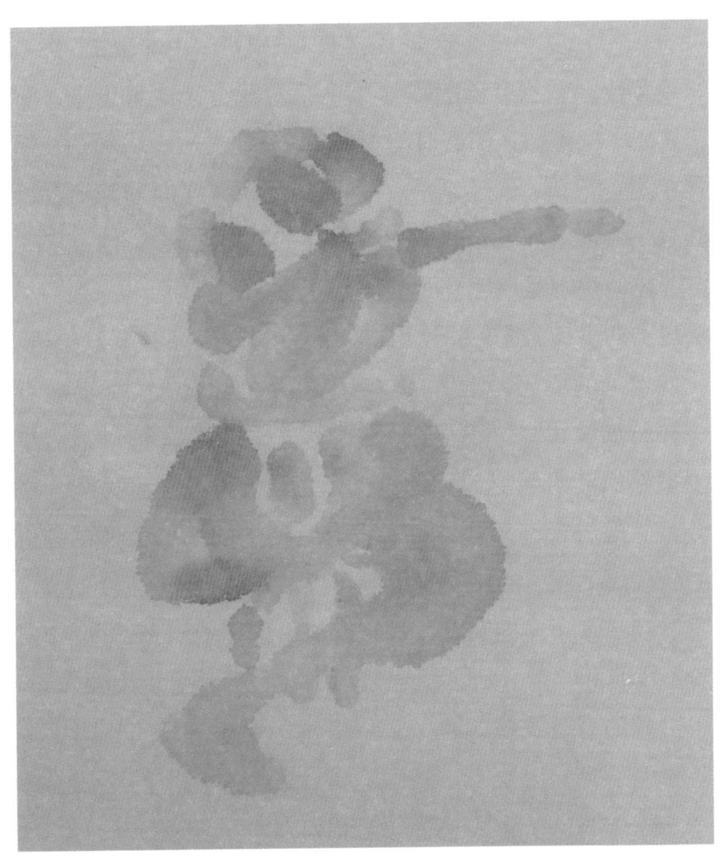

“不要害羞，请把花生壳丢到地上。”

在这家百年老酒吧的吧台上，用英语刻着这样一句话。酒吧的地面上，到处都是花生壳，被客人们踩得嘎吱嘎吱地响，空气中飘荡着来自大洋彼岸的爵士音乐，原木长台油光发亮，木质屋顶挂着芭蕉扇，氛围让人觉得慵懒而快乐。跟侍者要了一杯原汁原味的新加坡司令，透过猩红的鸡尾酒，我仿佛看见百年的时光在杯里荡漾。

LONG BAR是著名的鸡尾酒新加坡司令的发明地，已经有一百多年历史。这是我喜欢LONG BAR的理由之一，每逢周末，没有什么特别事情的话，我会来这里坐坐，听听音乐，喝点酒，消磨时间。很多时候，是一个人独酌，但偶尔也能碰到一些有趣的人，比如说来自深圳的陈洁，她独自一人来新加坡旅游。

陈洁说她是一个平面设计师，主要做宣传册、海报、书籍之类的设计，据说做出了很多出色的作品，不过我没见过。我们遇见的那天，她坐在LONG BAR的吧台上，面前放着一杯新加坡司令，手里抓了一把免费的花生，惊奇地用半生不熟的英语问吧台侍者：花生壳真的可以随意丢吗？或许是她的语音有偏差，侍者没有听懂她的意思。坐在旁边的我接过话题，用中文告诉她可以。陈洁把头转向我这边，我看到一张素净的圆脸，长相普通，谈不上漂亮，也不丑，看不出实际年龄，从眼角的皱纹来判断，大约有三十的样子。不过她的身材高挑匀称，牛仔短裤下两条笔直的长腿比较吸睛。

陈洁把我打量了一番，她问我，你也是来旅游的吗？

我说，不是，工作。

陈洁听到我在新加坡工作，兴趣就来了，问了很多问题，我一一作答。对于陌生女士，我尽量会做到礼貌而绅士。其实最后她只是想知道，像她这样的设计师怎样才能在新加坡找到工作。

我告诉她很难。

她问我为什么?

我说，新加坡本国人失业率都很高，一个英语不好的中国人更没什么机会。她听我这样说，有点失望。她了解到了她想要了解的信息，便不再开口多说。陈洁并不是那种让人惊艳的女孩，况且她明天就要回国，这样的游客，我见过很多，未来不会有什么交集，所以我聊性也不佳，给她提供点资讯，当作做好事。

台上一个菲律宾女歌手正在唱一首老歌《Can't Take My Eyes Off You》，声音沙哑，像是在对爱人深情地倾诉，别有一番韵味。陈洁转过头问我这是什么歌?说她很喜欢听。我告诉了她这首歌的歌名，并帮忙把歌名输入她的手机百度里。她查到了这首歌的出处，但因版权问题无法下载。我让她不要着急，回到国内就可以下了。她莞尔一笑，露出一口洁白的牙齿，笑容很甜，让我顿生好感。我们便聊了起来。

陈洁是山东人，大学一毕业就去了深圳，一直住在下沙。我知道下沙，那是深圳福田区的一个城中村，村里六七层的楼房一栋连着一栋，数不胜数，俗称握手楼，即一栋楼与隔壁同楼层的人打开窗户便可以握手打招呼。在深圳工作的小白领们大多住在这样的房子里。

我问她去过新加坡哪些地方?这是一句礼貌性的问话，容易挑起话题，碰到和游客聊天，我通常都用这个问题开头。没想到陈洁却笑了，良久才跟我说，别把她当游客，她对新加坡很熟悉，来过好几次，在LONG BAR喝酒倒是首次。

“你有亲戚在新加坡?”我问道。

“没有，纯粹旅游，在心情不好时，或工作太累需要放松时，我会想到新加坡来待几天。”陈洁不以为意地回答道。一个住在深圳城中村的小白领，心情一不好就来新加坡度假，很少见，我对这个似是而非的游客来了兴趣，尽可能地逗她开口说话。陈洁毫无防备，什么都说，她第一次来新加坡，是她的前男友带她过来的，他们住在实龙岗的一个小旅馆里，一起度过了许许多多难忘的时光，从那时起，她便对这座城市充满了好感，陌生而真实，亲切却难以靠近，距离产生美，她由衷地喜欢上了这个城市。我注意到她用了“前男友”这个词，便接着问她为什么分手？

陈洁冷冷地说，他是个骗子，专骗女孩子，看中了猎物，便带出国旅游，玩腻了，就甩掉。

陈洁的遭遇让我同情，不过，换个角度来看，这是许多女人成熟的必经之路。陈洁接着说，深圳女孩大多都来自内地各省，简单纯洁，没出过国，涉世不深，那个骗子也算是个青年才俊，职业和收入都不错，跟那些女孩子说带她们出国，很少有不中招的。

类似的故事我也听过不少，不过专注于一种泡妞方法，且用得炉火纯青的男人倒不多，我表面上表现出吃惊的样子，心里却暗暗佩服这个男人，走马观花似的换女朋友，不费吹灰之力。陈洁突然看着我，贼贼地笑，她说：“你就在新加坡生活，现成的好条件，也可以这样做。”

我说：“我不行，一来心不狠，容易被套住；二来没钱，玩不起。”

我和陈洁聊得愉快，也助了酒性，新加坡司令酒精比较淡，不过瘾，我提议喝长岛冰茶。陈洁豪气地用半生不熟的英语说："Why not？"

我以为久经沙场的陈洁知晓长岛冰茶的酒性，没想到她不到三杯就醉趴了。长岛冰茶其实就是酒中的大骗子，朴实的外表与柔和的名字下藏着一张狰狞的脸，五种烈酒混合的长岛冰茶，其烈性实为鸡尾酒之冠。

我不知道为什么自己会推荐长岛冰茶，我看着趴在桌上的陈洁，心想，这不正是我想要的结果吗？

我结了账，把陈洁扶起来，她的左手搭在我的肩上，我的右手搂着她的腰。她的腰很细，一阵酥软和温热从手心传来，我搂得更紧了。陈洁迷迷糊糊地抬起头，问我："我们要去哪？"

我说："回家。"

陈洁不再说话，把头靠在我肩上，任由我扶进出租车，一路奔驰，驶向我位于东海岸的家。

进了房间后，我弯腰把陈洁平放在我床上，还未来得及松手，我的腰已被陈洁一把抱住，我俩像麻花一样缠在一起，倒在深灰色的床单上。一上床，陈洁便满血复活，如鱼得水，热情似火，我才明白陈洁原来是在装醉，心想，这个女孩心机可不浅。

我们连着做了两次，筋疲力尽，不由沉沉睡去。天蒙蒙亮时，我从睡梦中醒来，睁开眼睛，看到陈洁正侧着身子，目不转睛地看着我，我吓了一跳，她笑眯眯地跟我说："早上好，陌生人。"她调皮的神情似乎在表明，她才是这里的主人。我并不是为了追求艳遇而去酒吧的，对艳遇却也来者不拒。我跟陈洁的前男友不同，我从不欺骗女孩子的感情，各取所需，好聚好散。但陈洁早上跟我说的那句简单的问候语，却让我有些感动，于是我破例加了陈洁的微信，承诺保持联系。

她一抵达深圳就给我发了信息报平安，说安全抵达，让我勿念，说她会想我的。我懒得打字，回了一个笑脸加一个拥抱。一夜情缘而已，没必要太当一回事。陈洁却不然，往后每天她都给我发信息，大多是些问候或者她当天碰到的一些有意思的事。如果我哪天心情好回了信息，她便顺势跟我聊几句；如果我没回，她也不在乎。有一次，她说她要去相亲，朋友介绍的，在一家大公司做高管。我回复说祝福她，她说我没良心。我很纳闷，我希望她找到一个好归宿，怎样就没良心了。我隐隐约约地感到加她微信是个错误，她多多少少有打扰到我的正常生活。

一天晚上，我睡得正沉，手机响了，是陈洁打来的微信语音，手机里传来的声音吵吵嚷嚷，很嘈杂，我听出来应该是在某一个酒吧。陈洁跟我说她喝多了，很想我。

我说："你别闹了，赶紧回家。"

陈洁说："你干脆把我给收了吧。"

我说："你不是去相亲了吗？大公司高管挺好的。"

我刚说完，陈洁便在电话里哭了起来。她说："你不要我就算了，干吗推给别人，那个男人是个傻X，秃头大肚子还嫌我年纪大。我才三十来岁，你说我很大吗？"陈洁越哭越伤心，我手足无措，不知道怎么安慰她。但我明白，她这样的状态，一个人在酒吧不安全，我应该想办法把她哄回家。于是，我用尽可能温柔的语气跟她说："听话，现在就回去，过几天我去深圳找你。"

这句简单的话效果很神奇，陈洁真的乖乖地回了家。确认陈洁到家后，我就删了她，才见一次面，做一次爱，现代社会，没什么大不了的。说实话，陈洁长什么样，我都差不多忘了。没必要因此而背上一个沉重的包袱。后来，陈洁又发了几次验证要求加我，我当作没看见。我的生活依旧，工作日努力工作，周末去各种酒吧打发时间。偶尔也能碰到些谈得来的女孩子，互相释放一下激情，然后各走各路，酒吧艳遇有它的潜在规则，那就是谁也不能当真，谁要是当真，谁就会跌得很惨。

我在酒吧里认识了许多来自世界各地的酒友，欧美的、东南亚的、日韩的，当然也有中国新移民。酒吧里的男人，不管来自哪个国家，心思都一样，端着酒杯，眼睛像射线一样，见缝就钻，期望能与哪个思春的女孩对上眼。酒友们没事时也常常交流泡妞经验。一个来自湖北的酒友告诉我，新加坡开通了世纪佳缘，他通过世纪佳缘泡了好几个女孩。他的现身说法启发了我，我觉得也该拓宽一下泡妞的途径。

于是，我也注册了一个世纪佳缘的账号，填写好各项自己的资料，上传照片，付了九十九元便成为 VIP 用户，可以过滤同城女孩，还可以随时给看中的女孩子发私信。网站功能齐全，服务贴心，我查找发现了不少漂亮女孩，逐个点击查看照片和简历，再发私信。我用热情洋溢的语言编写了一段话，复制粘贴，发出百十封信也只是用了一个小时。我满怀希望等待回应，可没想到第二天一个回复都没有收到。我不死心，又找了一批漂亮的女孩发私信，还是一个回复都没有。我才明白，网站上那些漂亮女孩的照片只是供男人过眼瘾的而已，我决心不再在这方面浪费时间。

大概过了一个月后，我清理手机空间，看到了久违的世纪佳缘APP，我心血来潮又点了进去，没想到竟然有一封未读信件，信是一个叫思岚的女孩写给我的，她说她对我有意思，希望能见我一面。我点开思岚的个人信息，思岚登记的资料显示她来自广东，大学毕业，现居新加坡。除了这些，其他的都是空白，照片也没有。

主动送上门的好机会，我肯定不会错过。我立刻给思岚回了信，我说我很乐意见她，并让她确定时间、地点，我的微信号和电话号码都附在信后。信发出去不一会儿，思岚便加了我的微信，思岚的头像是一张北欧雪国的风景照，我去翻她的朋友圈，一片空白。这个思岚真有意思，低调而神秘，这反而让我兴趣大增。我问思岚喜欢去哪里？思岚说让我决定。我想了想，便选了LONG BAR，要说浪漫，这家新加坡最古老的酒吧是不二之选。

我们约的时间是周六晚上六点，LONG BAR提供晚餐主食，它的意大利面和鱼排风味独特。吃完主食，晚八点，便有一支来自古巴的乐队表演，最近，这支乐队在新加坡很火，不管是主唱、鼓手或吉他手，每个人都能歌善舞，热情奔放，古巴特有的萨尔萨舞和热带舞能带动每个人的活力，除了天生的呆子。思岚也不会例外，肯定能被感染，那必定是一个美妙的夜晚。

为了表示礼貌，约会当天，我提前半小时到达LONG BAR。我订了一张靠窗的台，窗外便是莱佛士酒店的庭院，庭院里种了热带花草，郁郁葱葱，在夕阳的照射下，散发出温和的光芒。侍者给我推荐了产自法国的拉维城堡红酒，我对侍者的推荐很满意，我告诉他，我的女伴思岚小姐半小时后会到，届时请他引带过来。侍者礼貌地应承了。

一切都很顺利，我一边品尝着来自法国的红酒，一边想象思岚的样子，等候着思岚的到来。半小时很短，但对一个等待者来说，也很漫长。终于，在六点零五分，我远远地看到侍者领着一个中国女孩朝我这边走来，女孩身材高挑，手挎着 LV 的提包，穿着黑色的修身小礼服，有一双修长的美腿，再往上，我看到了一张笑眯眯的圆脸，描了眼线，涂了口红，妆容精致。这张脸似曾相识，却一时想不起来。直到侍者把她带到我面前，女孩说她是思岚时，遥远的记忆才逐渐清晰，这位神秘的思岚小姐原来就是与我有过一夜情缘的陈洁。我当时愣在那里，惊讶得说不出话来，陈洁则在一边咯咯地笑，不停地笑。

我记起毛姆在他的短篇《逃之夭夭》里写道："一旦一个女人决意跟一个男人，除了立即逃之夭夭，再无他法可救这个男人脱困。"从我再次见到陈洁的时候起，我也想立即逃之夭夭，可脚底下像生了根一样，挪不动半寸。看来我这次真被困住了，在劫难逃。

明天，我请你喝酒

不久前，我受邀参加新加坡一个技术研讨会，主办方要给我订房，但我婉拒了。我曾在新加坡生活多年，对新加坡了如指掌，我有我自己的安排。相对于冠冕堂皇的酒店，我更喜欢简易干净的背包客旅馆，酒店让人孤独，每个客人都戴着面具，眼睛藏在面具后面小心翼翼地窥探别人。而背包客旅馆却不一样，那里面，有满屋子的故事，你只需要一个微笑，便足够让人敞开心扉。

以前常去的 DREAN LODGE 旅馆没空位，我订了另一家叫 ATLAS 的新旅馆，位于实龙岗。ATLAS 大堂是一个小咖啡馆，不大，却让人觉得很温馨。吧台占据一半的位置，另一半地方放置了三套实木桌椅。桌腿旁边装了插座，可供人充电。旅馆提供免费早餐，有土司、花生酱和草莓酱，每人一根香蕉、一杯温开水或速溶咖啡。还有些可口的糕点陈列在橱柜里，不过要另外付费。日间开水和咖啡免费，有些客人没事冲一杯速溶咖啡，带着充电器和手提电脑，占一个位，一坐就是一天。旅馆的门廊也做了装饰，有两张高脚圆桌和几张高脚凳，圆桌上各放了一个烟灰缸，抽烟者喜欢聚集在这里聊天。我喜欢旅馆这种温暖的感觉。

住在 ATLAS 的前几天，主办方安排的活动很密集，晚上又要应酬那些许久没见的老朋友们，每天一大早出门，回来时已经是午夜，冲个凉便早早上床睡觉，所以很少跟住客们打交道。这里的住客们纷多繁杂，来自世界各地，如果有充裕的时间，我很愿意跟他们聊聊旅行中的趣事。可我实在抽不开身，每次回来时，大部分人都已入睡。但有一个年轻人例外，他个子不高，皮肤黝黑，看起来像马来人。我每次回来都看到他一个人坐在门廊的圆桌上，一边抽烟，一边喝啤酒，空啤酒罐在桌上放了一排，烟屁股塞满了烟灰缸，每次喝得都不少。年轻人看起来老成持重，不像是酗酒成性的酒鬼，或许只是单纯地喜欢酒而已，我不由得对这个人产生了兴趣。

那一天，我回来得早，在旅馆对面的士多店买了酒，坐在离他不远的另一张圆桌上。他注意到了我，我便跟他点头微笑，他也对我报以微笑。我用英语问他从哪儿来，他用华语跟我说他是马来西亚华人，会说华语，只是说得不太好。

我有些尴尬，竟然会看走眼。我说你有些像马来人。

年轻人说，打高尔夫球晒黑了，很多人都以为我是马来人。他问我，你打球吗?

我说，打，我打乒乓球。

他笑了。笑的时候露出一口洁白的牙齿，他其实长得还比较帅气。他跟我说，你很幽默。

我们就这样聊开了。他告诉我他叫祖，他的身份比较复杂，妈妈是泰国华人，爸爸是马来华人，他在曼谷唐人街出生和读小学，在吉隆坡读中学，在新加坡读大学，毕业后进入著名的药厂万艾可新加坡分公司工作，生产世界名药伟哥，三年前又被派去曼谷分厂任生产部经理。现在，回新加坡一周参加国立大学举办的 6 个西格玛黑带培训。

我跟祖的生活场景有不少交集，我们之间有许多话题可以聊。祖能说英语、华语、马来语和泰语，为人稳重和善，这也是他年纪轻轻就能被委以重任的原因。祖的华语表达并不很流利，一个字一个词地慢慢往外蹦，字正腔圆，但能听得懂。偶尔也会把词说反，比如把水平说成平水，他说他的英文平水比中文好，我愣了好一会儿才明白。不过这些小细节并没有影响我们的交流，碰到用词或读音错误，我会纠正他，他很高兴我这样做。

他的话很多，喜欢表达，碰到冷场时，他会及时转移话题。我们聊得最多的是他在泰国的生活和趣事，他提起他的工作，他们的车间除了几个主管人员是男性外，数百人全是女工，他几乎生活在女性的包围中。我说那岂不是很性福？我一脸羡慕，他却一本正经地回答说，他是一个有原则的人。我说我不信。祖信誓旦旦地说他不是那种人。但的确有很多男性主管乱搞，他经常同时收到某个男性主管和某个女工的请假条，知道有问题，不过会睁一只眼闭一只眼，只要不闹事。有一次，一位主管玩得太过火，情人换了一个又一个，老婆闹到工厂，在前台哭哭啼啼，恰好被祖碰到，祖伸张正义，把那位男性主管和涉事女工立即解雇了。没想到，这一招立竿见影，再也没有见到谁的老婆来闹过。但男雇员泡女工的事反而越来越多。祖问我，你知道为什么吗？我不解。祖说那是因为老婆们担心他们的老公被解雇，毕竟万艾可是一家待遇优厚的外企。祖总结说，泰国男人都被女人给惯坏了。

泰国好男人真不多，又蠢又色。他又说起发生在他们工厂的另外一件事，伟哥里有一味主材，是水状透明的，从美国进口，十毫升小试管包装，成本需要四千美金一支，每粒伟哥成品只需要几微克即可。他们的仓管员知道这种原料的价值和功效，偷梁换柱，用水装入试管代替真药，把真药偷了出来。原以为神不知鬼不觉，但这位仓管员不知道伟哥的配方，当晚在外面胡搞时喝了差不多一半，现场抽搐吐白沫，差点挂了，被送到医院急救，后来还被判刑五年。

祖讲故事时声情并茂，画面感极强，我被逗笑了好几次。在他的讲述里，我看到了一个中产阶级华人在泰国生活的优越感。我问他有没有女工主动跟他示好？他说他结婚了，妻子是泰国人，中学教师，他们刚刚结婚六个月。他拿出手机，给我看他妻子的照片，照片上的女人可真漂亮，特别是眼睛，又黑又大，笑眯眯地看着你，像是在跟你说话。我把手机还给他，由衷地称赞他妻子长得美。在泰国，天生漂亮的女人不多见，男人通常比女人漂亮。比如最近跟张家辉演激情戏的人妖明星 POY，红透了半边天，我也曾经看过POY的很多报告和图片，如果不提示，谁也不敢相信，那么美的女人竟然是男儿身。

提到人妖，祖又说起些有趣的遭遇。有一回在曼谷红灯区 NANA 中心广场前的咖啡馆，一个白人小伙子和一个人妖聊得火热，祖坐在旁边，听得到他们说话，人妖浓妆艳抹，嗲声嗲气，故意诱惑小伙子。小伙子被这飞来的艳福迷晕了，已经答应带人妖回酒店。他们结伴离开前，人妖要去一下厕所，祖趁机用英语问小伙子，先生，你喜欢男人吗？

小伙子突然被问到这样一个问题，愣了好一会才怒气冲冲地回应："靠，你说什么？"

祖不慌不忙地回答说："你的同伴是个男人。"

小伙子听了，脸色发青，他反问祖："你怎么知道？"

祖说："你看我像本地人吗？本地人当然知道本地人。"

小伙子认真打量了一下祖，相信了祖的话，道过谢，背上他的背包飞也似的溜了。人妖从厕所出来，没看到猎物，悻悻地骂了一句脏话，找个位置重新坐下等待新的猎物。

我跟祖说："你这样坏人家的好事可不好。"

祖笑道："早知道比晚知道好，顾客应该有知情权。"

酒喝多了，思维涣散，祖的聊性更好，说起话来滔滔不绝。他跟我说他住在曼谷唐人街，是她外婆留给他的房子。我问他为什么会放弃新加坡和吉隆坡更好的环境而选择曼谷，他说那是他外婆的遗愿，他外婆让他去曼谷继承她的产业，按泰国法律，只有入籍才有继承权。我说，把产业卖掉不就可以了？

祖说，他外婆的产业在曼谷唐人街有一幢房子、几间商铺和一所华文学校，房子和商铺可以卖，学校却不能卖。那是他外婆一生的心血，创立五十多年，风风雨雨，从没有放弃过，他外婆过世时对他唯一的要求就是不要放弃那所华文学校。从创建开始只有十几个学生到现在发展到三百多学生，已经成为曼谷最大的华文学校之一。作为继承人，他是校董，学校有专门的校长，他并不需要参与学校日常运作。

我对祖刮目相看，没想到祖还有这么一层身份。我问他为什么委屈自己住这种小旅社？

祖苦笑道，学校成立至今，从来都没有赚过钱。华文教育并不是泰国的义务教育，许许多多的学生，来自华人贫困家庭，能正常交学费的只有一部分，只要他们愿意过来学华文，很多都会减免学费。他说，20 世纪 80 年代，唐人街很多商铺都是他外婆家的，后来学校经营出了状况，为了维持学校运作，大部分都卖了。不过现在得益于中国的崛起，大家学习中文的积极性高了很多，政府也开始重视华文教育，给了教育补贴，基本能够盈亏平衡。

我说，真不容易。我举起手中啤酒，说要敬他。他拿起啤酒罐，一口而干。祖喝酒很豪爽，才两三个小时，他已经喝完五大罐。

祖说，他只是做了他认为该做的罢了。

我看看时间，已经接近凌晨一点。劝他早点回房休息，祖说，他还想喝一会，说他只有在新加坡才能多喝一点酒，在家里不能喝。

见我一脸疑惑。祖说，他妻子得了乳腺癌，所以在家里不能喝酒，不能让他妻子担心。

我大吃一惊。照片上那么漂亮的女人，竟然得了乳腺癌。祖说得很平静，表面波澜不惊，但我能感觉到他内心的痛苦。难怪，他每天都坐在这里喝闷酒。祖说，他在家里要装得开心，这样他妻子心情才会好，癌细胞扩散就慢，她才有勇气面对随后的化疗和手术。他选择住在这里，也是为了给妻子省钱治疗。我不知该怎么安慰他，祖是个善良而坚强的男人。

祖的故事让我睡意全无，我决定再陪他多喝点。明天，我想邀请祖去一家正儿八经的酒吧，请他喝点好酒，聊天时他说过，他喜欢英国产的亨利爵士杜松子酒，这种酒我喝过一次，入口时带有苦味，但过了一会儿，便是满口芬芳。挺好的酒，喝起来有生活的味道。

第二章

漂与泊

他是个骗子

1

新加坡一年四季都是夏天，炎热难当，每天看到的都是一样的日子，把大鹏闷坏了。恰好公司要派他去深圳出差，他觉得很幸运。公司给他定的酒店是罗湖的皇冠假日，国贸大厦近在咫尺，再远一点便是罗湖口岸及香港北部绵延不绝的山丘。放好行李，大鹏便给丹尼打电话，问丹尼什么时候开工。丹尼说，不急，先休息，晚上一起去喝酒。丹尼是新加坡人，公司的首席工程师，主导深圳的项目，先大鹏半年到达，大鹏这次来深圳主要是帮他做事。

大鹏很开心能见到丹尼，他俩是酒友。在新加坡，丹尼经常带大鹏去喝花酒。半年的深圳生活把他喂养得更加大腹便便。大鹏拍打着丹尼的肚子，笑着说，又长两个月了。丹尼不以为意，大鹏经常拿他的肚子开玩笑。丹尼说，不要老是关注我的肚子，该找个女人了，深圳大把姑娘，随便你挑。丹尼把深圳说得好像是他家后院，姑娘们都是他家园圃里的花朵似的。大鹏也不是不想，他刚加入公司才一年多，月薪三千新币，刚够他开销，哪里还有余钱找女朋友。

丹尼带大鹏在酒店附近的雨花西餐厅吃了晚餐。大鹏点了辣子鸡套餐，丹尼点的是牛排。深圳的西餐厅跟新加坡不一样，中餐、西餐、湘、川菜、广东菜都能点，什么样的顾客都能满足。在新加坡，能找到做辣子鸡这道菜的餐馆都屈指可数，就算找到了也是又贵又难吃。大鹏风卷残云，一下子就把自己吃撑了。

晚餐后，他们去了购物公园的维亚酒吧，丹尼是维亚的 VIP 顾客。维亚是深圳著名的鬼佬酒吧，深圳的鬼佬喜欢往维亚跑，于是，喜欢鬼佬的女孩们也口口相传在维亚聚集。一到夜幕降临，维亚便热闹非凡。鬼佬生性开放，看到上眼的女孩，搭个话，喝个酒，简单得像和多年的同事拉家常一样。如果聊得好，什么事都可能发生。丹尼在这里搭上的女孩多得连自己都数不清，因此丹尼对维亚很依恋。

维亚的调酒师祖儿在吧台中间给丹尼留了个好位置。丹尼订台不喜欢找营销经理，喜欢找调酒师祖儿，丹尼更喜欢和祖儿打交道。祖儿一米七的个头，明眸皓齿，长相甜美。他们到时，酒吧刚刚开门迎客，人不多，大鹏的眼睛老跟着祖儿转。吧台的中间靠近舞池，丹尼在维亚从不开卡座，他喜欢坐吧台，叫上一瓶十二年的麦卡伦，在威士忌里，他对麦卡伦情有独钟。吧台上的客人一般都是喝啤酒，丹尼的麦卡伦很显眼，当他看中了某个女孩，便请那女孩喝酒，有好酒，搭讪的成功率会高出很多。

喝到一半，丹尼打电话叫来两个女孩，一个是他在深圳的女朋友容容，另一个是容容的闺蜜。容容长得亭亭玉立，脸长得算不上很美但耐看，上身穿白色纯棉T恤外搭小风衣，下身着深灰的紧身裤，细腰肥臀，楚楚可人。唯一的缺点是胸部偏小了一点，尽管如此，容容仍然算是美人。闺蜜个子比容容矮了一个头，微胖，穿着随意，长相普通，丢在人群中就消失的那种。

容容她们一过来，丹尼便叫祖儿给他换了个卡座，叫了两瓶气泡酒给她们喝。容容青春靓丽，待人处事都恰到好处，难怪丹尼一过完年就往深圳跑。她的闺蜜就有点势利，刚开始一副谁都不理的样子，但一听到大鹏也来自新加坡，态度就不一样，一直陪在他身边。大鹏心不在焉地应付着，其间祖儿过来了几次，每过来一次，大鹏便放下色盅，跟祖儿喝酒。

他们一直喝到凌晨一点，喝得很痛快。闺蜜扶着头，说喝醉了。大鹏提议散场。丹尼把剩下的酒存了，把存酒卡给大鹏，大鹏也不推辞，收了。丹尼和容容坐出租车回他们的住处，嘱咐大鹏送容容的闺蜜回家，他们的意图很明显。

大鹏不情不愿地扶起坐在台阶上的闺蜜，打了个出租车，送她回家。

第二天，丹尼问大鹏搞定没有？大鹏说没有。

“怎么回事？”丹尼不解，“这不像你风格！到手的妞不泡？”

“我喜欢祖儿。”

“你喝多了吧？”丹尼说，“祖儿混迹夜场多年，啥人没见过。”

“可我只喜欢祖儿。”这次大鹏很固执。

“喜欢就去追吧，我只送你一句话，祝你好运。”这种事，丹尼也不方便再劝，心想让大鹏碰碰壁也好。

2

大鹏感觉丹尼变了，不再天天去酒吧，下了班就回家。他在上沙金海湾花园给容容租了个公寓，二房一厅，每个房间都面对着红树林和深圳湾，可以看到香港天水围葱葱郁郁的山岭和坐落在山岭下的居民小区。这个公寓现在也算是丹尼在深圳的家。大鹏为丹尼高兴，希望他永远都不要再回到曾经天天泡酒吧的日子。

大鹏也很忙，他每天几乎是维亚的第一个客人，却是最后一个离开的。这是丹尼教他的，要泡祖儿这样的女孩，首要的是多创造机会交流。鉴于祖儿的工作性质，泡酒吧便是唯一的选择了。大鹏每次去都打电话给祖儿订台，点一瓶黑方，配四瓶屈臣氏苏打水，自带一包话梅。在玻璃杯里倒上三分之一的威士忌加点冰再添上三分之二的苏打水，然后放一两粒话梅，烈酒里便有了甜酸的味道。丹尼喜欢这样喝，大鹏也有样学样。他通常一瓶酒分三天喝完，花费也不算多。

大鹏第二次光顾时，祖儿就明白了大鹏的意图。他的表现太明显，一双眼睛老随着祖儿转，祖儿屈身于小小的吧台，躲无可躲。客人少时，祖儿也会陪大鹏玩玩色盅和说说话，毕竟他是丹尼的朋友。祖儿问大鹏，新加坡好吗？大鹏说，新加坡挺好的，国际化大都市，整个国家都是一个大花园，一尘不染，皮鞋半年不擦还光亮如新。

“太夸张了吧。”祖儿撇撇嘴，不信。

“这么说吧，如果新加坡是深圳，那深圳就相当于广安。”大鹏一说起新加坡，自豪感就来了，他记得祖儿说过，她来自四川广安，他百度过广安，知道广安只是个小城市。

祖儿说：“有那么好吗？”

“你有护照吗？”大鹏反问道。

“有，不过还没用过。”

“那就好，我可以带你去新加坡玩。”大鹏来劲了，郑重其事地说。

“好呀，有时间一定找你。”祖儿瞟了大鹏一眼，没当回事，客户的话哪能当真，还有人说要带祖儿去美国英国的呢，祖儿只当开玩笑。大鹏急了，想继续表明自己的诚心。有客人跟祖儿点酒，祖儿头也不回地走开了。大鹏懊恼不已。不过这已是个好的开始，毕竟打开了这个话题，大鹏安慰自己。

大鹏再次去维亚时，已经知道了聊什么比较好，没出过国的人总会对国外的生活有新鲜感，至少不会排斥这样的话题。他常若无其事地提到新加坡，提到新加坡的各种好处。比如说，在新加坡过马路时车会自动停下礼让行人；钱包插在哪个口袋里都不会丢；女孩子多晚一个人走了夜路心里都会踏实；收入高消费低，在中国当奢侈品的LV、GUCCI等在新加坡就是街包，人人都能背；政府服务好，去哪个政府部门办事都把事主当客人；医院更不用说，看个感冒医生都把你当亲人般嘘寒问暖。总之，大鹏不断地表达在新加坡生活会很幸福、很安全，机会遍地都是，随时等着祖儿去捡。

“他们都讲英语吗？”祖儿大多数情况只是听，偶尔也会插上一句，“我英语不好。”

“我可以教你。”

大鹏话还没说完，祖儿又被叫去调酒。调酒台在大鹏对面，祖儿调酒时背对着大鹏，紧身牛仔裹着细长的美腿和浑圆的臀部，大鹏下意识地咽了咽口水。

调好酒，祖儿便没有再和大鹏聊天，而是跑去和同事说话。偶尔也就过来和大鹏喝杯酒，大鹏心想，这样下去不行，得想法子突破。好不容易熬到了临下班时，大鹏鼓起勇气，对祖儿说，我请你吃夜宵好吗？

“不了，我要回家休息，累！”祖儿毫不犹豫地拒绝大鹏。

“那明晚等你下班可以吗？”大鹏不甘心地问。

“明天也累呀，每天都累得很，哪有心情宵夜。”

“那我去接你吃晚餐，吃完再送你来上班。”大鹏紧追不舍，他知道祖儿六点钟才上班，上班前总要吃饭吧。

“有机会再说吧。”祖儿冷冷地说。

3

大鹏一连几天闷闷不乐。丹尼想都不用想就知道他肯定在祖儿那里碰壁了，祖儿要是那么容易泡还轮得到他吗？一晃又是周末，大鹏无所事事，感觉时间过得无比漫长。丹尼开车把他送回酒店，大鹏邀丹尼一起去维亚喝酒。丹尼说，你这样跑，就算把维亚的凳子坐穿，祖儿也不会对你多看两眼。

“那我该怎么办？”大鹏一脸忧伤，“我都连着去了一个星期了，很快就要回新加坡，什么收获也没有。”

“你知道祖儿喜欢什么吗？”

“她好像说想学英语。”

“还有呢？”

大鹏想了想，有点不好意思，他还真不知道祖儿的爱好。

“她有男朋友吗？她结婚了吗？她有小孩了吗？”丹尼继续追问。

“不知道，不可能结婚了吧！”

“有什么不可能的，什么都有可能，泡了一个星期的酒吧，就只打听到这么一点？”丹尼哭笑不得。

“她对我有抵触情绪。”大鹏辩解道。

“你要泡她，她肯定会给你设置许多防线啦。这样吧，我帮你约个人出来聊聊，聊完了你再决定怎么做。”

“什么人？”大鹏不解地问道。

“出来你就知道了。”丹尼不想解释太多。

丹尼约了阿豪一起吃晚餐，他是维亚的首席调酒师，他和丹尼很熟。阿豪花样调酒很厉害，据说还得过奖。大鹏也认识阿豪，只是没有交流过而已，大鹏一门心思放在祖儿身上，压根儿不会注意别人。丹尼向阿豪表明意图，阿豪说他早就注意到大鹏了，全吧台的人都知道大鹏在追祖儿，不过大家都只是当作一个笑话。丹尼说，大家都是兄弟，他那么诚心，支点招吧。

阿豪笑了笑，对大鹏说："想知道什么？"

"她喜欢什么？"大鹏问道。

阿豪说："她喜欢旅游、摄影，休息时间里老喜欢摆弄她那部老款的佳能相机。"

"还有呢？"

阿豪笑了笑，接着说，祖儿很有上进心，看到什么都想学，也学得快。刚来维亚时祖儿只是吧台服务员，我空闲时教会了她调酒，恰好有调酒师辞职了，所以就提拔了她。她还喜欢学英语，没事时总喜欢和老外说话，练口语。

"她有男朋友吗？"大鹏问。

"有是有，不过听说不久前刚分手。"阿豪说："他男朋友在上海，两地分居总会有这样那样的问题。"

"那他们为什么不在一起呢？男孩来深圳或祖儿也可以去上海呀？"丹尼接过话题问道。

阿豪说："祖儿就是从上海独自来深圳的，具体为什么，就不得而知了。"

"我的机会有多大？"大鹏问道，他最关心这一点。

"只要她分手了，机会还是有的，只是心急吃不了热豆腐，不是一会儿的事，祖儿不是那种看一眼就会爱上人家的女孩。"阿豪慢吞吞地说。

"那得要多久？"大鹏迫不及待追问道。

"谁也说不准，或许一个月两个月，又或许一年两年。"

阿豪说，“要是真的爱上一个人，时间根本不是问题。”

大鹏一愣，这不是他期待中的答案。

“多久我都能等。”大鹏说话语气怯怯的，声音明显低了许多。

丹尼了解大鹏，没有理会他，这个时候打气或打击都不适合，让他自己想去吧。不过阿豪对爱情的表述倒让丹尼觉得好笑，这个可以使几个酒瓶围绕着他四处纷飞的大男孩，怎么看怎么不像对爱情死忠的人。于是便打趣地对阿豪说：“想不到阿豪也是有故事的人啊！”

阿豪说：“男人和女人那点破事，我早就看开了，看不开的另有其人呢！”说完看了大鹏一眼，阿豪不相信大鹏的决心。

4

跟阿豪谈过后，大鹏调整了策略，让丹尼申请给他延长了在深圳的时间。他还是去维亚，只是不再心急火燎地表达或约人了，也不再熬到打烊才回，泡吧泡出了份沉静。用大鹏的话说，每天安静地看看祖儿就好了。那一天，大鹏如常来到维亚叫了酒，却没看到祖儿，问阿豪，阿豪说祖儿感冒了，在宿舍休息。知道祖儿病了，大鹏便没了喝酒的心情，他焦躁不安地坐了一会，总不是滋味，把酒存了，找阿豪问了祖儿宿舍的地址，便走出维亚。

外面暗沉沉的，天空飘着细雨，初春时节，天气潮湿而阴冷。大鹏竖着夹克衣领，往祖儿宿舍的方向走，走到中心城才找到一家药店，向店员买了一盒白加黑感冒灵。心想着感冒药见效慢，温热的姜茶效果好，便寻思着去买姜茶，问了几家茶饮店都没有卖。他正打算放弃时，忽然看到前面家乐福的招牌在霓虹灯下闪闪发光，灵机一动，知道怎么做了。他进了超市，买了一块生姜，二两白砂糖，一个大号的保温杯和一把水果刀，坐出租车回酒店自己泡姜茶。

祖儿住在离维亚不远的福岗园，那是一栋老住宅区，被周边的高楼大厦包围着，显得楚楚可怜。大鹏提着感冒药和装了姜茶的保温杯，站在楼下给祖儿打电话，打了几遍都没人接，好不容易接通，祖儿说她感冒了不想说话，就挂了。没想到几分钟后，祖儿听到敲门声，打开门一看，大鹏提着一堆东西，站在门口。他把东西往祖儿手里一塞，转身就走，他怕祖儿不接受。祖儿想推也来不及了，回到房间，打开一看，里面有各种感冒药，保温杯里装着姜汤，还有一束康乃馨。祖儿心里涌出一阵感动。

大鹏每天送一次姜茶，敲门后把保温杯放在门口就走。祖儿的感冒好了许多，恢复上班后，大鹏继续去喝酒，恭喜祖儿病体康愈。她不再冷冷地抗拒大鹏，这个男人算不上英俊，但心细，让人觉得温暖。当大鹏再次要约她吃晚餐时，她答应了。

于是，大鹏乘虚而入，每天准时接祖儿去吃晚餐，然后送她去维亚上班，晚上等祖儿下班再送她回家。祖儿每周有一天休息，在工作日和闲暇时间里任选一天，祖儿选的是周一，她跟大鹏说她每天服务客人，她也想做一回客人。大鹏带祖儿去了海上世界的露台酒吧，他跟丹尼去过一次，酒吧的乐队来自古巴，氛围挺不错，和新加坡的克拉码头的酒吧差不多。古巴人擅长桑巴舞，天然的热烈奔放，乐队的每个乐手和歌手都在随着古巴音乐舞动，似乎把灵魂都融入了音乐的节奏里。在乐队的热情感染下，客人们都走下高台，走进舞场，整个酒吧都在舞动。

这样的热情也感染了祖儿，祖儿喝了很多酒，说了很多话。他们一直喝到凌晨三时，祖儿喝醉了。这次，大鹏没有犹豫，把祖儿带回了自己的酒店。

5

大鹏致力于说服祖儿跟他去新加坡一起发展，他对祖儿信誓旦旦，说一定会帮祖儿实现梦想，让祖儿幸福。经不过大鹏的软磨硬泡，既然关系都发生了，祖儿选择相信大鹏，除了父母，国内没有什么人和事让她挂念得了，她也想出国。祖儿把调酒师的工作辞了，下定了决心，跟大鹏去新加坡发展。

他们抵达新加坡时，祖儿很兴奋，毕竟是第一次出国，从机场出来，在出租车上所见的一切都让她觉得新鲜。但新鲜感只持续了一会儿，到达大鹏的住所后，祖儿便明白了现实跟想象差距太大了。大鹏租的是一个普通房间，要跟另外五个室友共用洗手间，这样的房间便宜，七百元新币一个月。房间只能放下一张一米五的床，一套桌椅和衣柜。祖儿在深圳住惯了大房子，看到大鹏住在这样简陋的地方，失望之情溢于言表，她没想到平常衣冠楚楚满脸自豪的大鹏住得这么差。当晚，大鹏要和她做那事时，她第一次拒绝了，在这样的房间里，洗个澡都不方便，她没有心情。

祖儿对新加坡的食物也难以适应，新加坡号称美食之都，世界各地的各类菜系都能找到，偏偏川湘风味的餐馆却少之又少，但在唐人街附近有几家川菜馆，与他们在东海岸的家有相当的距离，坐巴士差不多要一小时左右。而且菜价贵得离谱，两个家常小炒加两瓶啤酒，一百元新币以上。刚开始，大鹏不顾劳累，时不时带祖儿跑一趟唐人街，几次下来也顶不住，便叫祖儿尝试着自己买菜做饭。祖儿心里委屈，从小到大她都没做过饭，她把大鹏留下的菜钱都买了方便面。大鹏心疼祖儿，托还在国内的丹尼寄了些腊味和辣椒酱，祖儿的胃口才好转一些。

大鹏白天要上班，没时间陪祖儿，便给祖儿买了张交通卡，充了一百块，并告诉祖儿这卡对所有公共交通工具通用。他又给祖儿一张地铁图，圈出来哪里是可以去玩的地方，哪里是距离家最近的地铁站。东海岸没有地铁，最近的地铁站是勿洛，还得转乘五站路的巴士。大鹏带祖儿试乘了一次，认为祖儿记住了路，没啥问题，便放心让祖儿出去。没想到祖儿第一次独自出门便迷了路。问题就出在转乘上，新加坡的巴士都是自动售票，上车刷一下，下车刷一下，按里程计费，也从不报站，巴士站名大都是古古怪怪的，普通游客基本上不会去坐公交。祖儿出去时顺顺当当，回程时却坐上了反方向的巴士，到了淡宾尼才惊觉坐错了。下了车，南来北往的车流让祖儿无所适从。好不容易拦了辆出租车，出租车司机却是个印度人，祖儿比画了很久司机也没明白祖儿想说什么，她被司机请下了车。她给大鹏打电话，大鹏的手机这时候竟然关了机。祖儿不敢再去打出租车或坐巴士，只是沿着淡宾尼第二大道漫无目的地行走，内心惶恐而委屈，从来没有像现在这样觉得自己没用过，眼泪便不争气地流了下来。

祖儿背着她的小背包，一直走到了乐杨大道，街旁有石凳供行人休息，祖儿便坐了下来，一直到天黑，肚子咕噜咕噜地响了，才接到大鹏打来的电话。原来祖儿打电话时大鹏在开会，手机关机了。他下班回家后，没看到祖儿，才给她打电话。祖儿环顾四周，除了路灯，看不到一个人影，祖儿也说不清自己的位置，大鹏心急如焚。大鹏叫祖儿不要挂电话，一直走，朝一个方向随便走，走到公交站或看到人就可以了。祖儿一直朝东部方向行进，路越来越深越来越偏，似乎没有尽头，走了二十分钟后，祖儿才发现一个小小的公交站孤零零地出现在远处，站台一个人也没有。祖儿一路小跑，跑到公交站台下面。大鹏叫祖儿告诉他站台上醒目的公交站编号，然后叫祖儿坐在站台上等。半小时后，大鹏乘出租车赶到了。还好，新加坡公交站台都有一个唯一的编号，就像身份证一样，有了编号就能精确定位。大鹏没想到，东南西北那么多路，祖儿偏偏选了最偏僻的乐杨大道。祖儿上了车，一路沉默无语。

6

大鹏知道祖儿喜欢摄影，给祖儿买了台二手的佳能5D，祖儿很开心，计划去圣淘沙拍风景。圣淘沙是一个离新加坡岛很近的2平方公里左右的小离岛，距新加坡岛约一公里，通过一条跨海大桥与新加坡相连。曾经荒凉的小岛经过数十年的发展，如今已经成为东南亚甚至全世界的度假天堂。靠近新加坡的一端是一个梦幻般的小镇，里面有环球影城、名胜世界、云顶赌场、梦之湖、鹤舞白沙等；中部是蜡像馆、龙道、飞人馆、高尔夫球场、别墅区；南部是西罗索海滩、巴拉湾海滩和丹戎海滩，其中西罗索海滩最大，海滩边布满了酒吧食吧、水幕剧场、人工冲浪、泡沫舞池和水中吧台。西罗索生来就是一个属于年轻人狂欢的世界，新加坡每年一度的万人狂欢跨年派对也是在西罗索举行。大鹏曾经参加过一次，全民载歌载舞，彻夜狂欢。

祖儿拿了相机，兴冲冲地玩弄了几天。恰好丹尼也回新加坡，他要请祖儿吃饭，祖儿要去西罗索，吃完饭再拍照。五月的新加坡雨季刚过，天气热得像火炉。祖儿衣着清凉，一件短袖纯棉白色小T恤搭一条洗得发白的牛仔短裤，脚上穿着一双丁字拖，简单而青春洋溢。

祖儿为了这次远足做了不少准备，吃的喝的一应俱全，都放在双肩包里给大鹏背着。她独自专心地摆弄着相机，大家理所当然成了祖儿免费的模特。丹尼也把容容带到了新加坡，祖儿跟容容早就认识，在新加坡相见，自然分外亲切。那天容容成了祖儿的专用模特，她给容容拍了很多照片，容容也喜欢被拍的感觉。

她俩如花蝴蝶般绕着海滩转来转去找拍摄点，大鹏和丹尼躲在树荫下喝冰镇啤酒，那是在附近酒吧买的，十元新币一支，不便宜。他们边喝边聊些乱七八糟的事情，大鹏间或会瞅瞅祖儿，眼神里都是满足。大鹏说，要是时间能停在这一刻就好了。丹尼说，你做白日梦吧。大鹏说，我发现她不开心时我就不开心，我看她开心时我比她更开心，所以我会做一切我能做到的事让祖儿开心。丹尼说，比如买相机？大鹏说，是呀，我淘了很久才淘到。丹尼问，在哪里淘的？正说着，祖儿挥手叫丹尼过去，她要给丹尼和容容拍合影，丹尼顺她的意，依她的指示站在容容身边。祖儿一边对焦一边指手画脚地让他们注意姿势和眼神。祖儿的样子像极了结婚照摄影师，容容的额头沁出了汗，在阳光下晶莹剔透，丹尼不禁掏出纸巾怜惜地给她擦汗，手势刚落在额头，只听见祖儿在旁边大声叫着，对！就这样，别动！保持住神态，就这样，好极了。祖儿的叫声透着威严，丹尼握着纸巾的手停在容容的额头上，一动不动，眼睁睁地看着一滴汗珠，慢慢地滚动，和其他汗珠汇集，沿着眼睑、鼻头滚落。

丹尼一边稳住姿势，一边倾听相机咔嚓的声音。心想，咔嚓声响完，他就可以给容容擦汗了，丹尼不想看到容容脸上有第二滴汗珠滚落。可是，他只听到了“咔”的声音，接下来“嚓”声却一直跟不上来，就像一段美妙的音乐，高潮来临之前却戛然而止。丹尼不禁着急起来，又不敢乱动，只是翕动着嘴巴，说，可以了吗？祖儿！ 祖儿没有回应，眼看着第二滴汗珠又要开始掉落，他忍不住了，管他呢，擦汗要紧。擦完汗，丹尼转过头去看祖儿，只见祖儿双手握着相机，大拇指不停地在按快门，可是不管怎么按，“嚓”的声音依然迟迟不来。看来相机出了问题，祖儿一生气，便握着相机不停地甩动，似乎甩几下，相机就听话了。丹尼和容容一看不对，赶紧走了过去。大鹏也放下啤酒，跑了过来。只听祖儿喃喃地说，相机坏了，相片也全没了。

大家再也没有玩下去的兴致。大鹏一脸惶恐，祖儿不停地给容容道歉，看都不看大鹏一眼。回到家，大鹏说是快门键被卡住了，他是工程师，很容易就修好了。大鹏找了一套全规格螺丝刀工具盒，趴在桌上修整那个相机，看起来很专业的样子。桌面上的零件东一个西一个，大鹏满头是汗地修理，还是没有搞定。大鹏说，这东西比我想象中复杂，我还是拿到外面去修。一边说一边找了个袋子装相机和零件，准备出门去修，没想到躺在床头生闷气的祖儿一跃而起，跑过来夺过袋子，随手一扔，准确无误地落入了垃圾桶。祖儿的举动把大鹏吓了一跳，他只是站在那里尴尬地笑，也不敢去捡。

7

丹尼带容容在巴厘岛玩了一个星期。巴厘岛是个有意思的地方，白天各个景点都充斥着来自中国各地的旅行团，各种省份的方言和中国式特有的喧哗弥漫在这个小岛每一寸空气里。晚上，特别是午夜以后，这个小岛会彻底地变一个模样，中国人早早回了酒店睡觉，整个小岛便成了欧美人的天下，大街小巷的酒吧、餐馆、咖啡厅，到处都是金发碧眼的洋人，整夜的狂欢和派对。东西方两种文化在这个南太平洋小岛上和谐相处，井水不犯河水。丹尼和容容都更喜欢夜晚，每天晚上都耗在库塔占地上万平方米的超大酒吧SKY GARDEN或者OUNTY，在狂欢派对中流连忘返。玩累了，一觉能睡到午后，下午便各处走走，看风景。例如金巴兰、情人崖、海神庙及乌布古村等景点。如果不是丹尼需要工作，容容都不愿意回新加坡。

在后来很长一段时间里，容容还沉浸在巴厘游玩的兴奋里不能自已，一遍遍地向大鹏和祖儿展示那些景色优美的照片及在酒吧和派对中认识的各国友人们的合影。祖儿又妒又气，以为容容是故意炫耀。为了争口气，祖儿跟容容说，她和大鹏也计划去巴厘岛。祖儿擅自决定，让大鹏压力陡增。

祖儿和大鹏为随后的巴厘之行准备了很久。他们分工明确，大鹏负责机票、酒店和行程，祖儿负责采买各种必备品，容容谈到的驱蚊剂、青草油、防晒霜应有尽有，甚至还准备了一顶便携式帐篷以方便在金巴兰海滩过夜看日出日落。一切都很顺利，出行的那天，祖儿穿了件碎花短裙，搭白色T恤，戴一顶花边遮阳帽和雷朋太阳镜，阳光而漂亮。他们手挽手出门，拦了一辆出租车，大鹏说了个地名，出租车便朝丹拉美那码头开去。

第二天，丹尼接到大鹏的电话，他跟丹尼说，他和祖儿之间完蛋了。丹尼问怎么回事？大鹏说他们没去巴厘，钱不够。

原来因为祖儿的到来，让原本不宽裕的大鹏更加入不敷出。大鹏告诉丹尼，因为钱不够，他们出发以后，他不得不私自改变主意，把祖儿带到了另外一个离新加坡较近的印尼小岛。

他们去的是印尼的民丹岛，民丹是靠近新加坡的一个岛，地理面积有新加坡的三倍大，从新加坡丹拉美那坐船只需要一个小时。民丹北部是新加坡中上阶层的度假胜地，消费跟新加坡一样高，大鹏也难以承受。经过深思熟虑，大鹏把祖儿带到了南部的TANJUNG UBAN，那是民丹最南部最大的一个城市，民丹政府所在地。TANJUNG UBAN街道狭窄，房屋都是两三层高，破烂不堪，人们生活贫困，是个让人看了心酸的城市。

大鹏到了以后，租了一辆嘟嘟车，索然无味地围着市区转了几个圈，找了一家本地最好的酒店。酒店是城区最高的建筑，楼高四层，但靠近菜市场，周围污糟不堪。房价不贵，四十元新币一晚，但这样的价格在当地已经很高，相当于当地居民半个月的收入。祖儿到了以后倍感失望，将就着住了一晚，第二天就气呼呼地回了新加坡。她一过关，独自拦了一辆出租车，丢下大鹏就走了。

听大鹏讲完，丹尼觉得不可思议。大鹏说，那里消费便宜，但他没钱了，这几个月花销太大，连去 TANJUNG UBAN 旅费都是借来的。

“那你就不能跟祖儿明说吗？ 跟自己较什么劲呢？祖儿去哪儿了？”丹尼问道，大鹏的行为让丹尼无语，他的脑子估计经常短路，难怪祖儿生那么大的气。大鹏痛苦不堪，丹尼也不忍心再指责他。祖儿在新加坡无亲无故，这会儿最重要的是把祖儿找回来。

第一个要找的地方应该是机场，丹尼一边开车，一边叫大鹏想想祖儿最可能去的其他地方。大鹏一脸茫然，除了机场，他也想不出祖儿在新加坡还有什么地方可以去。他们到达机场已是晚上七点多，从第一航站楼的 ROW A 开始找，一直找到 J 也没有找到祖儿。为了提高效率，他们分头行动，大鹏去第二航站楼，而丹尼负责第三航站楼。第三航站楼的中国航空公司多，可能性大一点。果然不出所料，丹尼在中国航空柜台一侧的休息椅上发现了提着大行李箱的祖儿。

丹尼没有贸然走过去打招呼，而是给大鹏打电话，叫他马上过来。不一会儿，大鹏便气喘吁吁地跑了过来。丹尼朝大鹏努努嘴，示意大鹏过去。他远远地看着大鹏在祖儿身边站了好长一会儿，点头哈腰，嘴巴不停地说着什么，随后挪身在祖儿身边坐下，用右手拉住了祖儿放在膝盖上的左手，祖儿没有挣扎，丹尼暗暗松了口气。

8

从民丹回来后，祖儿就不怎么出门了，天天窝在家里学英文。大鹏帮她在布鲁克斯商业学院报了个名，读完预科可以接着读大专课程。那是在机场时大鹏给祖儿的承诺，他知道祖儿想要什么。在一般的私立学院，通常本地生的学费大约是五千元新币，国际生至少一万元新币。新加坡的私立高等教育是一种特别的模式，建校门槛低，遍地开花，全岛估计有上千家，生源大多数是本地差生或者是成人继续教育学生和外国留学生。教育质量参差不齐，一流的私立学院如SIM、MDIS等运作规范，教育质量高，学生上万人。差的学院租几间房，聘用几个老师，在教育局注册一下便可以招生。不管好的还是差的学院，最高只能自主颁发大专文凭。SIM和MDIS等大的私立院校会与国外大学合作办学，直接颁发国外大学本科及以上文凭。经教育部备案后可以合法招收国际学生。

大鹏花了不少时间找学校，走访了不少地方，终于在欧南园地铁站不远的小巷里被他找到了这家只有几间课室的布鲁克斯商业学院，预科学费一千五，大专三千，堪称新加坡最便宜的大专院校了。大鹏也没办法，他这四千五也是向丹尼借的。

祖儿很上进，每天读书，日子过得很充实。英语进步很快，她甚至可以跟超市收银员、出租车司机或者餐馆的服务员说些简单的对话了。她有了不少志同道合的同学，经常和同学们去星巴克或麦当劳一起写小论文。有了朋友圈就有了自己的生活，祖儿不再抱怨，变得开朗起来。人一有梦想，也就能接受梦想存在的环境，祖儿也慢慢习惯和接受了大鹏和新加坡的生活。

大鹏希望这样的日子能永远继续，他能和祖儿结婚，一起在新加坡奋斗，只要齐心协力，房子车子终究会有的。没想到好景不长，有些变化和意外总出人意料。有一天，丹尼突然接到祖儿的告别电话，说她在机场，要回国了。丹尼问怎么回事？为什么那么突然？祖儿说大鹏他是个骗子。丹尼不明所以，继续追问。祖儿说你问他自己吧。说完就挂了电话。

跟祖儿通完话，丹尼赶紧打电话给大鹏，没想到他的手机关了机。丹尼开车去了大鹏的住处。大鹏的房间没关门，丹尼走进去，看到大鹏房间的地板上有一份报纸，他捡起来一看，硕大的黑体标题让他大吃一惊：布鲁克斯商业学院因非法招收国际学生被教育部取缔，五十位中国学生面临失学和遣返。丹尼明白了怎么回事，祖儿在新加坡唯一的梦想因为学院被取缔而破灭。她对大鹏，早已失望。而现在，她对新加坡，也一样失望了。她再也没有待下去的理由。丹尼并不担心祖儿，她是个上进的女孩，很快会有新的追求。丹尼只担心大鹏，他能承受得了这样的打击吗？

新加坡之恋

1

小胖那时喜欢玩魔兽网游，经常和文森、西瓜、魏斌一起组团打怪，号称四大金刚，成立靠谱团，自任团长。后来靠谱团从线上发展到线下，线下活动主要是在酒吧里拼酒泡妞，醉生梦死。

靠谱团在新加坡魔兽圈和夜场圈都颇有名气，招揽了不少小弟。四大金刚里，西瓜是唯一的女生，她的脸型不算美丽，但自有一股英姿飒爽的味道，特别是一双白玉般挺直完美的大长腿，弥补了她所有的不足。新加坡一年四季都是夏天，西瓜长年穿着各式各样的牛仔或休闲短裙，任由大长腿裸露在外面，配合微翘浑圆的臀部，怎么看都不厌，赚足了所有人的目光。西瓜的优势不仅仅是漂亮的长腿，酒量更是一绝，还没看到哪个男人将她灌倒过。人又豪气，有她在的地方，气氛自然没得说。所以，在留学生圈里，很多女孩都尊称她叫西瓜姐，这样的女中豪杰，当之无愧成为靠谱团的精英了。

魏斌是靠谱团主要金主，著名的创二代，家境富裕，在私立大学 KAPLAN 读了四年本科，商业思维发达，敏锐地嗅到了新加坡留学生圈巨大的奢侈品需求商机。私立学校的留学生特别是女生，几乎不会有人背低于一千元新币的包包，几乎都是 LV、GUCCI、BURBERRY、CHANEL、HERMES 等大牌的天下，像 MIUMIU、COACH 这样稍稍低一点的品牌都拿不出手。她们虽然钟爱一线品牌，但很多家庭对经济还是有控制的，所以她们希望价格越低越好。魏斌找家里要了十万元新币做本钱，通过欧洲的亲朋好友代购，价格比新加坡本土低了 30%。靠做代购，魏斌赚了第一桶金。魏斌生性比较沉静低调，其貌不扬。刚加入靠谱团时小胖并不把魏斌放在眼里，直到有一次，靠谱团在阿凡达聚会，通常聚会的费用都是遵循男人 A 钱、女人免单的传统原则。但那一次喝得有点嗨，收的钱不够买单，正当小胖准备再收一次的时候，旁边一直不怎么说话的魏斌却说，单已经买了。小胖一愣，这一单起码三四千新币，没想到魏斌买起单来眼都不眨，小胖顿时对他刮目相看。从那以后，魏斌常常偷偷地把单给买了，这当然是好事，给靠谱团省出了很多经费，不过小胖还是善意地跟魏斌说，团里的活动是集体活动，你没这个义务给全体团员付钱。魏斌嗯了一声说，知道了，但还是照买不误。后来发现，魏斌一逢聚会就找机会坐在西瓜的身边，对西瓜百般照顾。小胖这才恍然大悟，花钱也是男人买自信的一种表现，在气场强大的西瓜面前，男人的自信只能靠一个“钱”字。看透魏斌的心思以后，小胖便不再阻止魏斌花钱了。

过了不久，小胖发现西瓜背的包包换成了爱马仕系列的蜥蜴皮限量版，这款价值十多万新币的包包把小胖吓了一跳。小胖问西瓜，哪来的？西瓜说魏斌送的。小胖也不多问，包包都收了，关系肯定就不一般了，看来钱还真是个好东西，什么都买得到。以后的聚会里，小胖便经常看到魏斌铁将军般寸步不离地守候在西瓜身边。西瓜豪放得张牙舞爪，魏斌安静地坐在一边，目光关切。西瓜不管怎样离谱地花销，魏斌总是默默地买单。这样奇怪的画面，小胖觉得不可思议，西瓜能碰上这样一个好男人，命好。

靠谱团另一个重要人物文森也很有来头，他长得帅气不说，还经营着一个留学中介公司，妹子资源很多，如果有什么聚会，文森打一个电话，女孩子们便蜂拥而至。靠谱团在四大金刚的经营之下，在阿凡达和网络上名声渐起，随者众多。

小胖为自己能聚集起这支优秀的队伍而自豪，行为举止不免有些张扬。在阿凡达的 VIP 区，与靠谱团比邻而坐的通常也是一桌清一色的年轻人，以一个俊挺的青年为首，大家都叫他星哥。星哥虽然俊朗，面相却有些阴鸷，看来不好惹。小胖原本想着毕竟经常做邻居，窜一下台，敬两杯酒也无碍，但看看星哥似乎并不那么友善，所以小胖也就作罢，一直以来两帮人马井水不犯河水，相安无事。

可毕竟两卡台靠得太近，磕磕碰碰也在所难免。磕碰的源头在于一个刚进团的小伙子。那小伙子生性活跃好动，喝多了喜欢大吼大叫。要是只是在自己的卡台叫一下吼一下倒也没事，小伙子竟然鬼使神差跑到了邻座，吼了两声才发现在座的人都不熟，一下慌了神，正想着赶紧走开，没想到肠胃里的酒气、食物却不受控制地冲了出来，在星哥面前仅一尺远的距离上吐了一地，地上反弹的酸水溅脏了星哥的鞋面。

小伙子吐了后，人也清醒了，抬头看了星哥一眼，不知所措。跟着小伙子过来的还有两人，他们是想拽小伙子回去的，眼前的一幕发生得迅雷不及掩耳，两人发现情况不对，赶紧跑回去找小胖。

怎么就惹了这伙人？事儿可不小！小胖叫上旁边的西瓜和魏斌，一起过去处理。事发后，星哥依然一声不吭地坐在原处，服务员已经赶过来清理好了地板，惹事的小伙子呆立一旁，耷拉着脑袋，似乎在听从发落。

小胖他们走过来时，正好见到星哥旁边一个矮小精悍的青年递给惹祸的小伙子一包纸巾说，擦。小伙子接过纸巾，便弯下身去给星哥擦鞋。星哥这时说话了，只说了两个字："跪下！"这两个字透露着威严，小伙子还是一个刚来新加坡读书的小孩，哪见过这个场面，听到声音不由自主地双膝便着地了。

这也太欺负人了！小胖看到这个场面有些心酸，端了杯酒过去跟星哥说，小孩子不懂事，放过他吧，我敬你一杯。星哥冷冷地看了小胖一眼，说，你算老几？然后对那还跪着的小伙子递上他穿着脏鞋的脚。

星哥的鞋子是一双阿迪达斯帆布休闲鞋，鞋面上沾上的污渍并不多，却很显眼。小胖知道星哥的来头不小，这双鞋他应该不会再要了，让小伙子跪着擦鞋，只是他想给平时作风张扬的靠谱团一个下马威罢了。小胖见星哥不买账，但让小弟在众目睽睽下继续跪着擦下去，靠谱团的尊严何在？但要是不擦，靠谱团理亏在先，就给了他们挑事的机会。事情的进展已经不能让小胖多想，擦是要擦，但跪着擦便不对。一念及此，小胖一把将小伙子拖起来，让他站在一边，对星哥说，这孩子是我小弟，他的事我扛了。这样的场面正是星哥所期待的，他此时面色微微一笑，说，你要怎么扛？小胖说，今晚星哥和兄弟们的酒水，都挂在我账上，当作赔罪如何？星哥说，酒归酒，可我的鞋子还是脏的。小胖看着星哥，星哥也正盯着小胖。小胖一把夺过小伙子手中的湿纸巾，弯下腰便去给星哥擦鞋，他一手端着星哥的脚，一手小心擦拭，擦得仔细，一丝不苟，那些脏污连同旁边的晕黄都擦得几乎肉眼看不见了。星哥满意地点了点头，这次他没有再叫小胖跪下，他也知道适可而止的道理。

小胖的表现让星哥欣赏。小胖也相当识相，见情势有所缓和，便提议让星哥等几个人并到靠谱团的台来。不打不相识，小胖让星哥坐主座，自己坐旁边。西瓜带领的妹子们也知道眼前的帅哥颇有来头，频繁地敬酒互动，不多久便其乐融融了。

日子久了，靠谱团和星哥一伙互动越来越多，也越来越了解。星哥带着一帮小弟开了个财务公司，靠放高利贷和外围赌场赚钱。星哥手下有几个狠角色，跟着他打拼江山，靠这些事业赚了不少钱。靠谱团妹子多，经常时不时发几个妹子过去给星哥他们助兴，西瓜更是主动出击，恨不得整晚都坐在星哥身边不回来，看来西瓜对这个帅哥兴趣不小。刚开始时，魏斌还跟过去，为了看住西瓜。西瓜才不管那么多，把魏斌往回撵，魏斌只有作罢，随她去吧，在酒吧，他们都在，也做不出什么出格的事。没办法，摊上这么一个强势任性张扬的女朋友，谁也奈何不了，除非这个男人比她更强势。

2

不久便是星哥生日，他在新买的位于巴西立的临海别墅搞了个生日派对，别墅配备有游泳池和健身房，价值不菲。他也请了靠谱团四大金刚，人多更好玩。主餐是自助餐，菜品都是从市里餐馆定制送过来的，有辣椒螃蟹、椒盐虾、炸鸡翅、牛仔骨、炒粉炒饭等。星哥的餐厅有一张长形的西式餐台，可以容二十人一同进餐。

晚餐结束后，菲佣推来一个三层大蛋糕，星哥举起大长刀，一把切下去，气势十足。让菲佣给大家分了蛋糕，星哥安排大家去泳池吧喝酒。泳池吧是一个小型泳池坐落在标准池旁边，设计可谓独具匠心，一半的吧台没在水里，另一半伸在岸上，岸上和水里的部分吧台都配有高脚凳。可以想象，游泳游得累了，便可以直接坐在刚好没在水里的高脚凳上，喝一杯佣人递过来的香槟，那该是多么惬意的一件事。另外，泳池吧还配有一个小型舞池，挺像模像样的。

客人们还在进餐时，泳池吧已经提前做好了布置。两个菲佣暂时充当吧台侍者为大家倒酒，菲佣把酒柜的酒都拿了出来，主要的是马爹利名仕、麦卡伦18年、雪树伏特加，还有法国的酩悦特级香槟。

好酒还要有好音乐，星哥还特地请了个DJ。客人进场之前，DJ已经原地待命，看不出来，这个DJ身材胖得有些离谱，坐在DJ台后的高脚凳上，高脚凳似乎就是直插进了肉里，像一根支撑着棒棒糖的竹竿。

在晚宴上，西瓜依偎着魏斌，小鸟依人，神态亲昵。魏斌很感动。西瓜一直对魏斌忽冷忽热，热的时候，魏斌就会感动，一感动，魏斌恨不得把一辈子都贡献给西瓜，好好保护西瓜，让西瓜依靠一辈子。

为了显示自己的美丽，也是为了对星哥的尊重，西瓜穿着晚礼服和高跟鞋，化了个宴会妆，虽然美艳照人，却让西瓜感到拘束。化了妆后的西瓜掩饰了方脸带来的英气，多了一份女人特有的妩媚，很多男人都用不经意的目光往西瓜身上扫，西瓜感觉如芒在背般不自在，只想宴会早点结束去换衣服，还好星哥特别提醒说餐后有泳池派对，西瓜特别在挎包里塞进了T恤、短裤和泳衣。

餐后，西瓜找星哥要了一间房卸妆换衣服。小胖和魏斌帮着DJ调试了打碟机、音响和灯光，不一会儿，舞池的空间在夜色的笼罩下便五彩缤纷了。音乐响起，刚刚离开餐厅的宾客们纷纷端起酒杯，自觉地围了过来。宾客们欢声笑语，载歌载舞。

魏斌给自己和小胖各倒了一杯名仕，加了几块冰，和小胖对饮。喝完后，魏斌往人群里张望寻找西瓜。很奇怪，竟然没有看到西瓜的身影。魏斌掏出手机看了看时间，寻思着西瓜应该还没换好，也不便去打扰，卸妆和化妆对女孩子们来说都是大工程。

时间不知不觉便溜过去了。魏斌又看了看表，派对都开始一个小时了，西瓜还迟迟不现身，西瓜卸妆不至于那么慢吧？魏斌一边想一边拨通了西瓜的电话，打不通！西瓜竟然关机了。或许是西瓜手机没电了，魏斌宽慰自己，连喝了两杯酒，还是掩饰不了内心的不安，魏斌决定去找西瓜。

魏斌把酒杯放回吧台，便沿着阴影，穿过喧闹，穿过餐厅，走到客厅，客厅静静的，一个菲佣正在收拾茶几上的杯子，看到魏斌进来，便礼貌地问，先生，有什么需要帮忙吗？魏斌本想问她有没有看到一个漂亮女客人进来，但转念一想，改变了主意，只是问道，化妆间在哪儿？菲佣奇怪地看了魏斌一眼，但依然卑谦而体贴地回答道，在楼上，上了楼往左转第一个房间就是。

魏斌道了谢，忐忑不安地上了楼。二楼的格局简单但装修大气豪华，三面朝海的一面做了会客厅和房间，另一面是化妆室、洗手间及杂物间。会客厅正面是一面巨大的落地玻璃，一望无际的海面尽收眼底，紧靠会客厅的是同样面海的三个大房间，都紧闭着门。魏斌往左拐，轻轻敲了敲化妆室的门，里面没人。估计西瓜在洗手间吧，魏斌心想，便走到洗手间的门口，往里张望，只能看到洗手台，他又不能进去，只能站在门廊上等候。

二楼没人，很安静，落地窗外的海平面在夜色里散发着淡蓝的清光。魏斌心想，真正好的风景是属于有钱人的，他要把事业做大，也要像星哥家一样，买一套面朝大海的别墅，和西瓜不离不弃长相厮守。

靠着门廊等了一会儿，洗手间并没有人出来，也没有响声。西瓜或许回到派对了吧！魏斌寻思着准备下楼，刚走到楼梯口，一丝轻微的呻吟声从右边的房间里清晰地传进了魏斌的耳朵，虽然很轻，但二楼太安静了，安静得任何声音都逃不过魏斌的耳朵。魏斌悄悄地走到会客厅落地玻璃的一侧，斜眼朝房间看去。如果靠近客厅的房间没拉上落地大窗帘，从客厅可以瞥见房间一部分。魏斌知道偷窥不礼貌，但那声音太过撩人，魏斌忍不住。

魏斌小心地把自己掩在客厅的大窗帘里，他怕被路过的佣人们发现他这种不道德的行径。他的目光透过客厅的落地玻璃，只能看到床的四分之一，在目光所及的四分之一的床上，四条腿绞在一起，不停地扭动。目光沿着床沿往下，地板上，魏斌发现一双东倒西歪的白色 GUCCI 半高轻便鞋，正发出惨白的光，直直地透射进它曾经的主人——魏斌的心底。心痛如绞，如针刺，如火烧。魏斌低低地嗷叫了一声，身子沿着落地玻璃壁，软绵绵地跌坐了下去，再也没有力气爬起来。

魏斌不知道自己是怎么回到泳池边的，他并没有发现两个湿漉漉的身影已悄悄从他的背后向他靠近。这两个身影从背后一把抬起毫无防备的魏斌，快速走到游泳池旁边，一、二、三，轰的一声，魏斌被丢进了泳池。这两个人正是小胖和文森，他们用同样的方法已经丢了好几个人，在被他们抬着行进的路上，每个人都极尽夸张地一边挣扎一边大喊大叫。只有魏斌，一声不吭，小胖和文森感觉像是在扔一块木头。他们感觉有些不对，还来不及细想，那些曾经被他们扔的伙伴们早已同仇敌忾磨刀霍霍地冲向他们。

落水的瞬间，魏斌有种像被整个世界抛弃的感觉，在水中急速下沉的时候，魏斌心想：如果我不再闭气，任水灌进自己的身体，等它膨胀得像个大皮球后浮上去会是什么样的场面呢，西瓜会自责吗？答案是肯定的。可是另一个声音又在耳边告诉自己：别太认真，在这个圈子里，女孩子们都是男人们的猎物或者宠物，这个玩腻了随手就甩，那个又捡着了接着玩，男人们热衷于猎取女孩们的身体。可是反过来，男人们何尝不是女孩们的猎物呢？女孩们从他们身上猎取了包包、衣服和奢侈的生活。这段话是文森曾经说给魏斌听的，文森常常语出惊人，在文森眼里，这些看似出身高贵的女孩们其实跟卖身没什么两样，只是这样的交易隐藏在爱情的外衣里。事实上，作为留学中介，被文森猎过的女孩们也真不少，但文森该断即断，从不留情。可是魏斌不以为然，他说他和西瓜是真爱。对这样顽固不化的兄弟，文森也只能听之任之。

文森这番惊人的见解在魏斌快要沉到水底的时候，从他脑海里涌了出来，他幻想着当他膨胀如球浮在水面时，西瓜并不会伤心流泪，而是站在星哥身边，和星哥一起，阴恻恻地笑，似乎在说，真是个傻瓜。魏斌在心底大喊：不！我不是傻瓜！别把我当傻瓜！魏斌一边喊一边挣扎，手舞足蹈地爬出了水面。

魏斌用手拂了拂面部的水，视线清晰了，他并没有看到西瓜和星哥在岸边阴笑，岸上岸下依然一片喧闹。魏斌落寞地游到岸边，一个人悄悄地爬上岸，拧了拧身上衣服浸的水，掏出裤袋里最新款的苹果手机，已黑漆漆地成了一块砖头，他拿在手里掂了掂，骂了句妈的，便用力朝围墙方向扔了过去。

魏斌失联了，手机、论坛、微信、QQ 全部关闭。小胖和文森去了几次魏斌的住处，一直无人应门。小胖跟文森说，算了，让他静静吧，他存心躲着大家，找也没用，他想通了，自然会出来找我们的。

文森说，这个西瓜玩得也太过了。

小胖说，魏斌太老实太认真，这个圈子容不了认真，谁认真谁输。

文森叹了口气说，西瓜跟了星哥，魏斌玩失踪，靠谱团就剩下我们两个了。

3

不知不觉，离开新加坡两年了，当年魏斌通过他的表哥在法国的普瓦捷管理学院办了一个成人教育性质的学生签，又做回代购的老本行，得天独厚的优势让魏斌的生意风生水起，代购网络越做越大。生意上的成功并不能排解内心的抑郁，魏斌决定回一趟新加坡。他想联系小胖找个住处，一起再过回曾经那种没心没肺寻开心的日子。可当他抵达樟宜机场时，一出安全门，他就改变了主意，决定不再惊扰大家，他怕看到小胖和文森他们那种怜悯的眼神。

这是两年来第一次踏足新加坡，那条连接机场和市区的 ECP 快速公路上的鲜花开了又谢，谢了又开，唯一不变的是路边的雨树，一如既往的枝蔓缠结，铺天盖地。隔着车窗，望着绵延不绝的树影，魏斌不禁发起呆来，他想，西瓜现在在干什么呢?

魏斌叫出租车司机把他带到 KALLANG RIVERSIDE，那是一座靠近新加坡河的高档私人公寓。新加坡河一端通往北部的克里芝水库，另一端通往玛利娜海湾，一半是淡水，一半是海水，沿着河边有一条林荫小径，魏斌一开窗就能看到河景，还有散步或跑步的人们。他很羡慕这些人，无忧无虑，至少看起来无忧无虑。或许，在外人眼里的他也是无忧无虑的，谁又能看得透别人内心的秘密呢。

魏斌是通过狮城论坛租的短租公寓，房租三千一个月，他一次性付了三个月，房东一脸欣喜，要知道在新加坡短租市场，这样的客人很少，省去了房东每月为空置的房间费心张罗。这里离克拉码头也不远，两三公里的距离。登记入住后，魏斌安放好行李，在洗手间洗了个脸，把下颚浓密的小胡须修理了一下，看起来整洁了些，然后换了一件深灰色的T恤，在行李箱里找到那副特意定制的变色眼镜，走到试衣镜前，魏斌发现镜里的人已经不再是自己，而是一个陌生的年轻人。

出了公寓，魏斌花了二十分钟慢慢走到阿凡达，酒吧里人还不多，还没到狂欢的时间。他在阿凡达前站了一会儿，整整衣装，郑重其事地走了进去，酒吧里有很多外国人，他们喜欢趁着 HAPPY HOUR 的时间来，可以用同样的钱喝到双倍的啤酒。魏斌朝服务员打了个手势，叫服务员安排了一个边角不起眼的台，点了一瓶马爹利名仕，服务员用奇怪的眼神看了魏斌一眼，微微一笑，便转身拿酒去了。魏斌不以为意，他喝的不是酒，而是回忆。

酒上来了，服务员问魏斌还需要什么？魏斌摆了摆手，礼貌地说不用。然后自个儿往酒杯里放了三块方冰，倒了半杯酒，握在手中，轻轻地摇晃。冰块在酒杯里泛着清澈的光，他轻轻抿了一口，辛辣中透出了甘甜，多熟悉的味道。魏斌不记得多久没有喝过酒了，在欧洲的日子里，他几乎滴酒不沾，一端起酒杯，星哥家的派对、曾经夜场的迷离都出现在眼前，让人迷乱和消沉。

魏斌的台在最里端，一个不为人注意的角落，在人潮喧嚣的夜场，他犹如一个局外人。他只是安静地喝着酒，回忆着往事。晚上十点多时，人多了起来，魏斌抬抬眼，环顾四周，影影绰绰里，并没有熟悉的身影。一直到午夜，一瓶酒被魏斌喝掉了一半。他离开时，服务员问要不要存起来，魏斌起身，依然潇洒地朝服务员摆手，说，不用了！

阿凡达门口稀稀散散地站了一些客人，有些是在等人，有些是正准备进场，还有些是从里面出来透透气。这些人中间，一个身材高挑打扮时尚的女孩正靠着墙根不紧不慢地抽着烟，比较显眼。魏斌不禁多看了几眼，他觉得女孩面熟，认真想了想，突然记起这女孩的名字叫绫子，曾经是靠谱团的小妹，跟西瓜也很熟。魏斌和绫子交往不多，却总归是熟人。

魏斌朝绫子走了过去，跟绫子说，可以借根烟抽吗？绫子看了魏斌一眼，没有拒绝，打开烟盒，抽出一根，递给魏斌说，我们在哪儿见过吗？怎么觉得你眼熟呢！魏斌一边摘下变色眼镜，一边说，我以前不留胡子，也不戴眼镜。

你是魏斌？你回来了？绫子认出了眼前的男人，不由吃了一惊。

是呀，刚回来。魏斌微笑着回应。

大家都以为你再也不会回来了，绫子说。

终究还是会回来的，魏斌说。他把手中的烟灭掉，朝隔壁的咖啡店指了指，请你喝一杯茶，好吗？

看到绫子眼睛里有些犹豫，魏斌解释道，也没什么事，只是想打听几个朋友的近况。

绫子答应了，魏斌的故事，绫子很清楚，对于这样一个男人的邀请，她不忍心拒绝。

4

那是一个阴凉的夜晚，外面淅淅沥沥下着雨，小胖窝在房间里看《权力的游戏》，小胖最喜欢里面的裸戏镜头，几乎每一集都有一两个，这也是他见过最好的裸戏镜头，角度、色彩、神情、时间等把握得恰到好处，每次看了都有种欲说还休的感觉。这样的视觉享受是在国内看不到的，在国内能公开放映的都已被剪得面目全非。

他恰好看到龙母丹妮莉丝和卓戈在床上的精彩部分，他的手机就响了，拿过手机一看是陌生号码，便直接挂掉了。但那个号码又一次打了过来，他不情不愿地按下接听键，眼睛一眨不眨地盯着屏幕，嘴巴对着手机话筒，不耐烦地说，谁呀？

电话里传来一个虚弱的男声，是我，魏斌。

小胖听到魏斌两个字，惊得跳了起来，一边关掉电视音量，一边吼道，你回来了？你在哪？我马上过来！

我在欧南园这边的国立医院。魏斌的声音依然虚弱，有种疲惫不堪的感觉。

你怎么了？出什么事了？小胖急急地说，语气里满是担心。

魏斌说，我没事，是西瓜，你现在方便过来吗？

小胖说，好的，我马上就过来。

凌晨的国立医院很安静，没什么人，通往急救室的走道上，空空荡荡。在国立医院主楼二楼急救室的门口，小胖看到了抱头坐在走廊上的魏斌。他走过去，拍拍魏斌的肩膀，魏斌抬起头，见到小胖，说，你来啦！

魏斌满脸疲惫，神情像一棵干枯的老树，了无生机，残留的泪痕依然显眼，这是一个伤透了心的男人，让人看着也跟着难过。

小胖说：“西瓜出什么事了？严重吗？”

魏斌说：“西瓜从她住的四楼跳了下来。”

小胖说：“什么？西瓜跳楼了？”小胖不敢相信这是真的，西瓜是一个乐天豪放的女孩，拼酒时的那股狠劲还历历在目，没想到现在竟然躺在急救房抢救，小胖盯着魏斌，期待他讲详细一点。

魏斌张眼看了看急救室的门，门上亮着一个红灯，表示急救还在紧张地进行。魏斌把目光收回来，又一次抱紧了头，他说，我现在心乱如麻，晚点再说吧。

他没再问什么，在魏斌身边找了个位置坐了下来，安静地陪着魏斌等待手术的结束。时间一点一点地溜了过去。凌晨六点，天蒙蒙亮，小胖有些支持不住，把头靠在墙上睡着了，魏斌为了赶走瞌睡虫，站起身，伸伸腰，沿着走廊走了几步。没过多久，他听见急救室的门嘎吱地响了，一个护士走了出来对他们喊道，谁是李小婕的家属？李小婕是西瓜的真名。

魏斌听到护士的声音，急促地走了过去，紧张地说，我是，我是她男朋友，她怎么样了？

护士说，没有生命危险了，只是因为前身先着地，四肢都粉碎性骨折，左胸三肋骨断裂，脾肺出血，手术很成功，康复问题不大，只是需要时间。另外，我们在她血液里检测出来了 MDMA。

魏斌听了，长吁了口气说：“什么是 MDMA？”

护士说：“就是俗称摇头丸的毒品。”

魏斌苦笑了一下，原来是这样。他又问护士：“我可以现在去看她吗？”

护士说：“她现在全身麻醉，处于晕睡状态，医生包扎好后会送到ICU观察，不太方便，你们先回去休息，明天再来吧。”

魏斌听到西瓜没有生命危险，其他的都已经不重要了，护士说完便转身回了急救室，魏斌跟护士道了谢，转身跟小胖说，我们去吃点东西吧，我饿坏了。

他们选了一家医院附近的食阁，其时天已大亮，来吃早餐的人很多，他们随意叫了些杂菜，要了三碗白粥，稀里哗啦一会儿就吃下了肚。肚子填饱了，魏斌脸上恢复了生气，他跟小胖说起他在法国的经历，说起他想回新加坡看看西瓜，却不好意思联系小胖，意外在阿凡达碰到了绫子，而绫子告诉了他西瓜的事，他知道星哥有了新欢，把西瓜给甩了。绫子还说西瓜现在每天买醉，日子过得晕天晕地的。西瓜的生活状态，小胖也知道，只是他无能为力，做不了什么，解铃还须系铃人。

魏斌继续说，他听到西瓜的情况，很心痛。绫子给了魏斌西瓜的住址，别了绫子后，他便径直去了西瓜住的公寓，那公寓叫LAGOON VIEW，位于东海岸。魏斌在LAGOON VIEW附近游荡了几天，始终没有鼓起勇气给西瓜打电话。有一次，他在门口看到了西瓜，一脸憔悴，让魏斌很心疼。

魏斌正在思考去留的问题，进退两难之际，却意外接到了医院的电话。其实西瓜也知道魏斌回新加坡了。绫子管不住自己的嘴巴，消息隔天就传到了西瓜那里，西瓜做了对不起魏斌的事，也不好意思联系他。新加坡的圈子很小，西瓜跳楼的消息传得很快，绫子知道后第一时间通知了魏斌。没想到再次见面竟然在医院，魏斌深深地叹了口气，接着说，我不该离开她的。

小胖看着伤心又自责的魏斌，不知怎么安慰，只是不停地劝他想开点，事情已经过去了，而西瓜很快会恢复健康。吃完饭，小胖送魏斌回他的公寓休息，小胖不放心魏斌，便干脆在他房间打了地铺睡觉。两人都已极其疲累，不一会儿，房间里便响起了魏斌的鼾声，抑扬顿挫，经久不息。

5

经过几个小时的休息，魏斌已经恢复了精神，只是脸色依然沉重。小胖看他似乎没心情外出吃饭，便在附近食阁打了两份海南鸡饭，拎上来给他吃。魏斌看了看桌上的鸡饭，摇摇头，说没胃口。小胖拿过一盒，拆开酱料，淋在鸡块上，递给魏斌说，多少吃一点吧，西瓜也不愿看到你有气无力的样子。

魏斌接了饭盒，好意难却，将就着吃了一点。饭毕，小胖叫魏斌整了整衣装，又自作主张地往魏斌头上抹发胶，魏斌闪头躲过，小胖说："别动，抹一点精神点，西瓜看了会开心的。"这个时候用西瓜做借口，对魏斌来说，是百试百灵的武器。

从公寓出来，小胖和魏斌一起往医院跑，医院大厅这时候人满为患，却井井有条，大家都排号等着护士小姐安排。他们上了二楼，人便少了许多。ICU 病房的护士小姐说，西瓜病情已经稳定，准备转入常规病房，一边说着一边拿出一张单和一支笔，指着单上的房型，接着说，你们先看看，考虑一下，选择哪种填好，然后签好名交给我。魏斌接过单，扫了一眼单上的信息，便说，不用考虑了，选最好的吧。说完，便握着笔勾选了最下面那个最贵的选项，签名递回给护士。小胖站在魏斌的身边，很清晰地看到了被魏斌选上的价格是每晚八百元新币的 VIP 套间。

办好手续，另一个护士小姐带他们去病房等候。病房在门诊大楼后面的一栋大厦里面，从 ICU 通过中间的一座廊桥，便可直达住院大楼，住院大楼很高，有二十八层，西瓜被安排在第二十层，门很大很宽，是一个小套间，卧房比较宽大一点，约有二三十平方米，只是摆放了一些必要的支架和仪器。卧室外面有个十来平方米的小客厅，放有一套灰布麻料沙发、茶几、桌椅、电视，还有一个小冰箱。打开窗帘，几乎可以看到整个欧南园的风景，层层叠叠的组屋，横跨东西的 MRT，纵横交错的街道，葱葱郁郁的雨树，如果在卧室摆上一张舒适的大床，撤掉那些医疗设施，这房间便和一家高档酒店公寓没什么区别。

护士走后，他们无事可做。小胖打开电视，5 频道正在播放新闻。

正看着，门被一个护士推开了，两个护士弓着背，双手托着一张医疗床的床椽，慢慢地让医疗床滑行了进来。看到病床入门，魏斌像弹簧一样跳了起来，准备奔过去。那个在前面开门的护士朝魏斌打了个手势，示意他们安静。

床的后面还跟着两个护士，床的一侧挂着吊瓶，吊着药水。床上赫然躺着一个浑身被白纱布包裹着的人，脑部也裹了纱布，只留下了眼睛、嘴和小块额头留在空气里。护士们悄然无声地保护着将病床拖进了卧室。

魏斌和小胖两个大男人小心翼翼地立在门口，眼巴巴地看着护士安放好病床，处置好各种仪器，然后鱼贯而出。为首的那个护士叫其他人离开，留下来跟魏斌说，我们给病人注射了止痛药和安定，她还在睡觉，因为药物的作用，最近睡眠比较多，你们要注意让病人多休息……护士接下来又介绍了许多注意事项，魏斌不停点头记好。

护士走了后，魏斌搬了把椅子，轻轻地放在床边，坐下，一动不动地看着床上的石膏人，鼻子发酸。小胖此刻的内心也心潮起伏，西瓜和魏斌都是小胖在新加坡最亲近的朋友之一。他想起西瓜那美丽的大长腿，豪放的风格，藐视一切的眼神，而今，却成了这副模样，令人唏嘘不已。小胖知趣地退到外面客厅看电视，让他俩单独多待一会儿。

也不知道过了多久，小胖听到里面魏斌喊道：醒了！西瓜醒了！小胖进去时，正好看到西瓜残留在外的眼睛，虚弱地转动，看看魏斌，又看看小胖，嘴角翕动着，两年来，魏斌第一次听到了西瓜的声音："你们来啦！你们还好吗？"

魏斌说："是呀，我们来啦！我们还好！说完哽咽起来。"

西瓜说："我没事！别哭啦！哪像个大男人！"

魏斌一边点头一边说："你没事就好！没事就好！"

小胖故作轻松地说："好啦，没事了，医生说，你很快就会好起来的，我们还等着西瓜重出江湖，去阿凡达喝酒呢！"

小胖看到西瓜嘴角一动，似乎想笑，眉头却也跟着嘴角的牵动皱了起来，西瓜说："小胖，你别逗了，我心痛呢！"

小胖说："好吧，我这就走，我在这里你的心就痛，还是留点时间给你俩倾诉倾诉衷肠吧！"

西瓜嘴角又一动，眉头又一皱，看来哪个部位又在痛了。

小胖离开病房，回了家。他还得工作，需要赶紧休息一会儿，才有精神上班。

6

西瓜在医院VIP套房住了一个月，魏斌寸步不离陪了一个月。开始几天，小胖也每天都去医院。文森和原来靠谱团的兄弟们也陆续过来探望。在魏斌的精心照料下，西瓜气色慢慢好了，小胖就减少了去医院的次数，一周一两次就好，要多留点私人空间给他们。

这期间，小胖发现他们变了。魏斌面色不再阴沉，多了许多笑容。而西瓜那种玩世不恭的样子慢慢地在消逝，平常很多时间都在发呆和思考，谁也不知她在想什么。有一次，小胖故意跟西瓜说，克拉码头开了一家新场子叫PLAY HOUSE，等你好了去玩一次怎样？西瓜不屑地说，要去你自己去吧，我没那个心情。西瓜郑重其事的样子让小胖觉得好笑，眼前的西瓜跟以前如此不同，这样的状况让小胖难以适应。总之，西瓜在坠楼事件后，成熟多了。

两个月后，西瓜出院。小胖大致算了一下，光住院费魏斌就花了五万元新币，医疗费也有好几万，相当于小胖近一年的收入。魏斌为了西瓜，啥都不顾，只想把最好的给西瓜。

魏斌把西瓜接到自己的公寓，第二天在东海岸的著名海鲜餐厅摆了一桌，宴请了小胖、文森、绫子及几个要好的靠谱团兄弟。魏斌在席间宣布，他将带西瓜一起离开新加坡。小胖问他们准备在哪里定居？魏斌笑了笑，摇头说不知道。小胖不信。魏斌说他和西瓜要去周游世界，四海为家。

小胖知道，等魏斌稳定下来，会跟他联系的。无论如何，他由衷地敬佩魏斌的深情，喜欢西瓜的豪放。尽管西瓜有迷失自己的时候，可试问，这个世界上，谁又没有走过弯路呢？小胖只有真心地祝愿他们，一辈子相亲相爱。

第三章

异域情缘

洁　兰

那一年春节，我没有回国，独自去了巴厘岛，住在库塔区坡辟斯街的巴林旅舍，那里是背包客的天堂。

巴林旅舍是一片很大的院落，房子都是一层楼高，围圃而建，中间有一个小公园，葱葱郁郁，很有味道。大概是为了抗飓风海啸，房子都比较矮小，但房间很宽敞，我住的是一个二人间，两百千印尼盾一天。

库塔的勒甘路上，酒吧林立，人流如鲫。帕迪、波递、天空花园等巨无霸酒吧吸引了成千上万的欧美游客。这些巨无霸酒吧颠覆了我对酒吧的认知，其规模能容纳数千人同时欢狂。

我白天睡觉，晚上在勒甘路上流连忘返。我到达库塔的第二天中午，迷迷糊糊听到有人敲门，开门一看，是前台的侍者，他领着一个清秀的中国女孩，看着我礼貌地道歉，说他带客人来看看房间。他指着屋里的空床对女孩说，还剩下这一个床位，您看行不行？女孩拖着大行李箱，看看床，又打量了一下我，觉得我不像坏人，便点头同意。女孩把行李放置妥当后，伸出手，跟我说，你好，我叫洁兰。我说，我叫罗杰。握完手，我掐了一下自己，感觉到痛，看来并不是梦。

我们坐在床边，互相做了简单的介绍。洁兰是江苏人，在新加坡国立医院做护士，住在金文泰，趁着假期出来旅游。印尼的治安口碑并不好，我问她一个女孩子，怎么那么大胆？她说，她已独自横穿爪哇岛，没碰到过坏人。我说，如果我是坏人呢？她认真地打量了一下我，一本正经地说，我不会看走眼的。她的话说得高明，我想使坏也不好意思了。

洁兰提议我们合租一辆车，一起去玩，我求之不得。我们下午去了情人崖、海神庙，最后是金巴兰海滩，那里沙质细柔，浪涛阵阵，海天一色。当地人在餐桌上放好餐具，铺上餐布，就直接摆在海滩上，乐队、歌手和舞者在海滩上载歌载舞。踏沙逐浪，看落日，听音乐，吃海鲜，别有一番味道。

一个十来岁的小女孩，挎着一个小篓，篓里放着一支支玫瑰花，在海滩兜售。小女孩走到我们这桌问我，先生，买支玫瑰花送小姐吧。小女孩错认为我们是情侣了，我有些难为情。买，怕被洁兰认为唐突；不买，又怕洁兰不高兴。我抬头看看洁兰，她已双脸绯红。小女孩锲而不舍，她说，就帮我买一支吧，我卖了花才有钱吃饭呢。我不得已，挑了一支颜色鲜艳的，递给洁兰，洁兰接过，放在餐桌边，脸颊更红了。

晚上九点半，我跟洁兰说起勒甘街夜场的盛况，邀她去天空花园。洁兰婉拒了，她说累了，想早点休息。于勒甘街的人们来说，夜才刚刚开始，我不想浪费这样美好的夜晚，便独自去了天空花园，碰到一伙澳洲的年轻人，说起我和澳洲的渊源，他们邀我一起喝酒，我和他们玩到凌晨才回。

洁兰起床早，洗漱过后就来叫我，让我和她一起去乌布，我实在起不来，让她自己去了。洁兰回来又很晚，看起来很累，我打消了拉她去天空花园的念头。洁兰只想多看些景点，多拍好的照片作纪念。而我只想多认识些来自世界各地的朋友，倾听他们的想法和故事。道不同不相为谋，我们都没有为对方让步，直到洁兰把巴厘岛的角角落落都走遍，无处可走了，我才跟洁兰说，今天也不去酒吧了，我们去库塔海滩晒太阳吧。那是我们计划在库塔的最后一天，我俩在库塔海滩租了两顶帐篷，戴着墨镜，躺在沙滩椅中，一边喝着新鲜的椰汁，一边享受印尼人的足部按摩，我幻想着让这样的时光一直持续下去。

天有不测风云，半夜时，洁兰翻来覆去，浑身不舒服，我感觉不对，用手一摸她的额头，很烫手，原来洁兰发高烧了。我赶紧找到前台，前台说，要登巴萨才有二十四小时的医院，他从旅舍的备用药箱里找出一盒药和一支温度计递给我，让我不要担心，先吃药看看病情发展再说。我一看是退烧药，赶紧拿回房间，扶着洁兰吃下去。又量了体温，三十九度。我用毛巾浸了冷水，敷在她额头上，我不敢入睡，半个小时给她换一次毛巾。过了几个小时，体温降到三十八度比较稳定了，我才昏昏入睡。

我睡到中午才醒来，洁兰也醒了，她用感激的眼神看着我，说麻烦你了。我说换成了我生病你也会这样做的。我又给她量了体温，还是三十八度，没有再往下降。我有些担心，建议一起把返程日期推后，等康愈再回去。洁兰接受了我的意见，我们各自打电话给单位请了假后，我便带洁兰去了医院。医院的检查结果让我们吓了一跳：伊蚊感染，登革热。医生给我们开了药，让我给房间驱蚊，尽量不要出去，不要刷牙，不要刮伤，定期吃药，三五天就会退烧。我知道洁兰是护士，问她为什么不能刷牙，洁兰说，刷牙刷破牙唇就可能血流不止。她反问我，你不怕被传染吗？我说我不怕，如果被传染了，我们又可以在一起多待一周，让她来照顾我。洁兰举起她那虚弱的手来捶我，我跳开了。

说不怕是假的，回到旅舍，第一件事便是驱蚊，然后紧闭门窗。没有蚊子，确保洁兰不出血，便传染不到了。从医院回来不到两小时，政府的卫生部门官员也登门造访，察看了一下环境，叮嘱洁兰不要出门。他们走后，我跟躺在床上的洁兰开玩笑，说肯定是在乌布山村里被传染的，听说那里的蚊子又大又肥，专咬外国人。洁兰没心情附和我的玩笑，她说，还好没有回新加坡，不然要被强制隔离。

洁兰的低烧一直持续了四天才消退，她说，这已算是快的了，有的人要六七天。烧是退了，只是食欲不振，病恹恹的样子，不过行动已无碍。我问她是不是可以回去了。她说，还不行，还要等一周病毒清除了才行，不然回新加坡一样要被隔离。

我们在巴厘岛又待了一周，朝夕相处。我尽心尽力地照顾洁兰直到她康复，我们改签了同一个航班回新加坡，我送她到家楼下，坚持要送她上楼，她坚持不让。但我临走时，她抱了抱我，在我耳边说，谢谢你！

我们一直保持着朋友关系，后来洁兰回了国，又辗转去了美国波士顿，嫁给了当地一个华侨，生了一个可爱的儿子。她去了美国后，我们再也没有联系过，但我相信，那段巴厘岛情缘，我们都不会忘却。

凯 特

新加坡地方很小，开车绕城一圈，一个半小时就可以完成，待得久了，会很无聊。我决心攻读硕士。我报读的南十字星大学主校区在新南威尔士洲的利斯莫市，新加坡有分校，有些课程需要在主校区完成。利斯莫距昆士兰州的黄金海岸不远，不到二百公里。黄金海岸是著名的旅游景点，我计划十一月去那里旅行。

十一月底的某一天，下午二点半，我抵达澳洲的黄金海岸，恰值春夏之交，外面下着小雨，风很大，我只穿了一件单薄的外套，有些冷。我坐直达巴士到了市区，但没有提前订房，我认为如果一切都提前做好安排，那旅行就失去了一种对未知的期待。

在市中心，到处都能看到年轻的面孔和人流，他们充斥着大街小巷。一路都有迎面而来的男孩或女孩，不时伸出一只手，微笑着和你击掌，这样的场景让我兴奋，我喜欢年轻人的世界。

我喜欢这个城市，在街头溜达了好一会，才开始寻找住处。可所有的酒店和旅舍都告诉我：毕业季，成人礼，无房。这个季节，黄金海岸已被这些刚成年的年轻人们占据，他们用各种派对赤裸裸地表达需求，表达他们对生活、美酒和异性的欲望。

下午六时，我又冷又饿，精心准备的攻略也弄丢了，内心开始焦虑惶恐，不过我得打起精神，继续寻找住处，不然只能睡大街。天无绝人之路，半小时后，我找到了一家叫 ISLANDER 的背包客旅舍，那是我见过的最大的背包客旅舍，共有二百多间房，一千多个床位。旅舍是一幢十层楼高的大楼，有停车场、独立的院子、宽敞的大堂、餐厅和酒吧。它有大酒店的配置和规模，只是没有设独立的单间，房间分为四人间和八人间，四人间三十澳元，八人间二十澳元，都是男女混合宿舍，整栋楼住的全都是背包客。这样的地方让我莫名兴奋，当旅舍前台确认他们还有少数床位时，我很庆幸。

我要了个四人间的床位，一楼二号房，室友为二男一女。长得高大帅气的男孩叫麦特，他戴着一个棕色的牛仔帽，嘴角一扬，有种坏男孩的味道，像是从电影里走出来的西部牛仔；清秀的男孩子是杰米，刚满十八岁，来自英国，总是低着头，很害羞的样子；女孩是亚欧混血，名叫凯特，她身材匀称，脸蛋姣美，很漂亮，她的床位在我对面下铺，来自加拿大。凯特和杰米拿的是一年期的打工度假签证，可以边打工边旅行；麦特和我一样，短期游客，他一周后返回美国。我第一次听到打工度假签证，便向凯特打听，凯特说，这是澳洲政府面向全球青年推行的一项政策，三十岁以下都能申请，期限最长为一年，可以合法打工不用交税，但每个岗位不能超过六个月。难怪有这么多背包客聚集，我恍然大悟，澳洲地广人稀，却是背包客的天堂。我们随意坐在房间的地毯上，有一搭没一搭地谈着乱七八糟的见闻，大家都友善而热情。随后我们走上街头，一起探索这座城市的各种风情。

晚上，我们去了大堂左侧一家叫维加斯的清吧，各自买了自己的酒，喝了两三轮，那些坐在吧台上三三两两的男人们，看到凯特，都过来搭讪。凯特跟大家介绍我们是她的室友，这个称呼让我有些尴尬，慢慢也就习惯了。男人们知道凯特单身，就多了些放肆，我拉了拉凯特表示了我的担心。凯特说，你没看出他们都喜欢我吗？而且你也会保护我的，是吗？她用了保护这个词，我看看她身边两个牛高马大的男人，手臂都比我的大腿还粗。但我还是说，我会让你安全回房间的。尽管我和她也是刚认识，但她始终没有戒备我，这点让我认识到了“室友”这两个字的分量。

旅舍许多房间都传来很劲的音乐声，成人礼期间，处处都是派对。酒能壮胆，凯特说，我们也去参加派对吧。凯特带着我们三个，沿着旅舍的楼道，一家家敲门，寻找

派对 。凯特半醉妩媚的样子引起很多男人尖叫，甚至有一个男孩仅仅裹着浴巾就跑了出来，一路追逐着凯特。在楼道尽头的一个房间，男人们把凯特放进去后，却把我们三个关在了外面。我们担心凯特，不停地敲门，最后还用上了脚，甚至威胁要报警，这帮混蛋才把凯特放出来。

凯特还没玩够，又带我们去沙滩边上一家叫啤酒花园的酒吧。在那里，我意外碰到了两个中国人，其中一个不停地向我强调，他是央视的著名律师，认识很多国家领导人。他扯着我说个不停，或许，在这许多酒客里，只有我才愿意听他说吧。

我们回到房间，已是凌晨，大家倒头便睡。醒来后，我没有看到凯特，她给我们留了信息，说去邻市巴力那面试工作，两天后才回。凯特像是我们房间的灵魂，没有她，大家都少了聚会的兴致，我们三个就各玩各的，互不干扰。我又独自去了维加斯，叫了一杯啤酒，坐在我们曾经坐过的桌子，这时刻，我很想念凯特。

凯特周日回来时，只有我一个人在房里，她一看到我，便跑了过来，抱了我一下。她说，今晚要好好庆祝一下。我以为庆祝她找到了工作，没想到她却说，为了我们的重逢，我哑然失笑。为了照顾我的胃口，凯特建议一起去吃了海南鸡饭，她说她在新加坡待过一段时间，最喜欢吃的就是海南鸡饭。在黄金海岸能吃到中国菜，且有朋友相伴，这让我觉得满足。

凯特一回来，我们二号房的灵魂又回来了。她的交际能力不是一般的强，竟然可以跑去隔壁三号房把人都拉了过来，且高调地向大家公布，让我们派对吧，不醉不归。

我去酒铺买了两瓶威士忌，几打啤酒。一伙人就聚在狭小的房间喝酒闹腾，我和三号房的新朋友们处得不错，特别是那个叫艾米的女孩，一边喝酒一边抱住我，大声地说，中国人，我们喜欢你。

大家喝得很尽兴，凌晨的街头，依然还有一伙伙的小青年，发疯似的号叫，还摔酒瓶子，砰砰地响，警察一来，他们就跑，完全拿他们没办法。我们一行也走上街头，手里提着啤酒瓶，漫无目的地游荡。凯特挽着小杰米的胳膊，状如情侣，麦特在路上突然把迎面而来的一个年轻人一把推倒在地上，差点引发一场战斗。我和三号房的新朋友们混在一起，高声唱歌。

我忘了什么时候回的房间。醒来时，天蒙蒙亮，头痛欲裂，我下床去找水喝，发现麦特竟然在凯特的床上，他们侧着身，蜷着腿，麦特抱着凯特，像两条平行挨近的曲线。我很惊诧，胃里难受，心也跟着难受。我往杰米床上看过去，杰米翻了个身，我喝了水回来时，杰米又翻了个身，杰米并没有睡着，我想他也正难受着。

我再也无睡意，干脆起了床，冲了凉，清醒了许多。我拿了手机，在桌上写了张纸条，说我去海滩了，看日出。便独自出了门。

黄金海岸的日出很美，海天一色的深灰，地平线出现一道道金色浪涛，一波连着一波，簇拥着奔向岸边，绵延不绝。平时沙滩人满为患，此刻却是海鸥的世界，清脆的叫声和海浪奔涌的声音，划破天际。

我的心安静了下来，躺在岸边的长椅上，想着这个叫凯特的女孩，这几天短暂的相处，竟然让我对她产生了依赖和期待。只是她毕竟还是让我失望了，凯特或许只是想有人陪在她身边一起放纵青春而已。今天，我需要你，你也需要我。明天，我不再需要你，你也不会再需要我。这是背包客的世界，谁较真，谁就会受伤。

从那晚起，房间里的气氛就变了。杰米每天一早就出去，说是去找工作。我整天跑去海滩看海鸥。不知麦特和凯特在干什么。不过，麦特倒是再也没有爬过凯特的床。

在黄金海岸的最后一天，我独自乘巴士去了趟布里斯班。布里斯班是一个很美的城市，河道在市区弯弯曲曲绵延几十公里，天蓝水清，两旁的堤岸风景如画。我开始意识到，这几天的消沉，完全是自讨苦吃。

逛完布里斯班，回到旅舍，我看到凯特正在吃披萨，一元一块很便宜的那种。凯特还需要待上一年，钱需要省着花。我有些心疼，走过去，把披萨袋扔到桌上，说，我带你去吃海南鸡饭吧。凯特说不要。我拉着她的手说，走吧，别跟我客气。

中餐馆里，凯特吃着喜欢的食物，跟我聊她在新加坡的生活，活泼调皮。我才意识到，其实凯特仅仅只是一个二十岁的小女孩而已。我说：你要好好照顾自己，找不到工作就回家，尽力就好了。麦特也要走了，他照顾不了你。杰米不会走，他是个老实人，虽然害羞，不善言辞，但心向着你，你们要互相帮助。我絮絮叨叨，说得凯特呵呵直乐。不过我只想说出自己想说的话而已。

我们很晚才回去，三号房的朋友们又叫我去喝酒，我婉拒了。我无意中看到杰米流了眼泪，他对凯特说："你还说我们是团队，自己出去却把我丢下。"我才记起，我拉凯特出去时，他正好看到，这个大男孩真可爱。

第二天我退了房，坐巴士去机场，我没让他们送。临走时，我们在二号房门口合了影，我和每个人都抱了抱。拥抱杰米时，我拍着他的肩膀说，好好照顾我们的公主。

维　姬

公司有一段时间效益很好，费用控制很松，出差申请随提随批。我思乡心切，就经常飞深圳。每次回到深圳后，也没有去住公司的合同酒店，而是选择了青旅，和背包客们混迹在一起。

深圳的青旅客户，大多是中国各省市喜欢穷游的年轻人，欧美背包客不多。对于西方来说，很多人仍然不知道，靠近香港，竟然有一座现代化的大都市。所以，背包客大多数住在香港，偶尔顺道过关，来一个深圳一日游。

深圳的背包客旅舍，罗湖、福田和南山都有一些，不过比较分散。在大家眼里，这些背包客旅舍其实就是大通铺，廉价低质的象征。背包客少，旅舍少，谈不上背包客文化。但随着经济的发展，全民旅游是大趋势，在这样的趋势下，一种介于背包客旅舍和酒店之间的形式异军突起，迅速火遍大江南北，那就是公寓和民宿。有了公寓和民宿的存在，中国人旅行，谁还会选择“大通铺”呢。这是中国人面子主义和享乐主义在作怪，试想，如果没有“大通铺”那样同居一室的便利，又怎么跟人交流呢？究其根源，甚至可以上溯到东西方民族性的区别：西方人重交流，东方人重隐私；西方人直率，东方人谦逊；西方人旅游重体验交朋识友，东方人旅游爱照相看风景。

我在深圳住的第一家背包客旅舍位于世界之窗附近的一家小区里，四室一厅的大套房，放在网上的照片很漂亮，每个房间放了三个上下铺，房间干净整洁，客厅的阳台布置得很漂亮。可实际上，房间脏而乱，臭袜子乱扔，大家回到房间都不说话。我订了五天，住一天就提前走了。后来又住过福田中心区的太空舱公寓，那里现代感很强，风格很独特，只是住客少，封闭的空间更加阻碍了人和人之间的交流。

我对深圳的背包客文化有些失望，背包客这种开放交流的文化不太适合中国人的性格。后来一次偶然的机会，有一位外国朋友提起他喜欢海上世界，我才想到蛇口外国人多，或许有国际背包客的身影。通过搜索，我找到一家叫陌里花园的背包客旅舍，是位于海湾花园的一个独栋小别墅，二楼是大客厅，宽敞明亮，有高清投影，大阳台，阳台上放了休闲桌椅，花花草草开得很茂盛。三楼是四间宿舍，两个六人间，一个四人间，一个双人间。老板开始是计划不分男女的，后来发现在国内这种模式行不通，还是改为男女分开。楼顶有一块空地，视野开阔，护栏边放满了盆栽，常用于举行派对。从陌里花园到海上世界仅五分钟行程，晚上可以去小酒吧喝酒，我抵达陌里是晚上，老板是个新西兰海归，热情友好，人也勤快，客厅、房间、楼道，甚至厕所都是干干净净的，光着脚走都没问题，我一下子便喜欢上了这里。

我是在陌里花园认识维姬的，她住双人间，两百元一个床位，我住六人间，八十元一个床位。这个旅舍里，只住了两个外国人，一个是维姬，来自英国的唐卡斯特，在一所社区学院读书，兼职做模特，身高一米八三，金发碧眼，大长腿，漂亮迷人。维姬在北京、上海和西安玩了一个月，转道深圳去香港，她说她特别喜欢中国，因为每个人都对她很友善，她走到哪里，回头率都是100%，被人关注的感觉很好，而在英国，没有人想多看她一眼。她一到深圳，便喜欢上了这座朝气蓬勃的城市。她因此改变了行程，决定在深圳多玩几天。另一个是个大男孩，来自拉脱维亚，也是来中国旅游的，在深圳待两天就走。

其他室友有的是从外省过来找工作的，有的是学生或实习生等。他们的英语说得结结巴巴，和维姬很难沟通。我英语没问题，但人一回到国内，自然就变得羞涩，不敢去搭讪。所以拉脱维亚的小伙子占了先机，常常和维姬出双入对。

陌里最大的好处是提供了一个适合交流的场地，因为客厅很干净温馨，大家都喜欢待在客厅，交流也就顺理成章了。我跟两个人谈得来，一个是杜松，山东人，在一家外贸公司做推广。另一个叫小林，到深圳实习几个月就要去美国上大学。事情的转机来自一次宵夜，在海上世界的日本餐吧，我、杜松及小林刚占了个位置，刚准备点餐，杜松突然眼睛一亮，指着那边对我说，陈哥，你看，维姬在那边。我顺手看去，维姬和那小伙子也在吃夜宵。这没什么大惊小怪的，我继续看菜单。杜松来了劲，他跟我说，他对维姬有意思，让我给他当翻译。还没等我回应，杜松便跑去了维姬的桌子，连比带画说了几句，便把他们请了过来和我们拼桌。

刚开始的交流，我忠实地充当杜松和维姬的翻译，杜松总是询问维姬的私人问题，比如年龄、家人、收入等，让我觉得不妥，尽管维姬并不介意，但气氛还是有些尴尬。我岔开话题，告诉维姬，我去过英国很多次，也待了很长时间，对英格兰南部的很多城市很熟。维姬眼睛一亮，向我询问更多的细节。我跟她说起我在伦敦、巴斯、牛津、史云顿，还有马姆斯伯里等城市游历的经历。我说除了伦敦，英国的城市都很安静，人们以家为主。维姬说我说得不全面，问我有没有去过英格兰北部，我说没有，维姬跟我谈起她的家乡，那座叫唐卡斯特的小城，在维姬的描述里，唐卡斯特人友善又豪放，大街小巷里都是餐吧和酒吧，夜幕降临时，整座城市的人都在喝酒、聊天、跳舞、听音乐，每个夜晚，对于他们来说，都是嘉年华。那座英格兰北部的小城，从此刻在了我心里。

我和维姬聊得很投入，完全没有杜松和拉脱维亚小伙子插话的余地。杜松有些生气，他用中文和我说，你真不够兄弟。我意识到有些过了，便跟杜松说，对不起，我情不自禁。杜松让我罚酒三杯，我喝了。杜松说，要是泡到了，让我请他去京基顶楼吃大餐，我答应了。经杜松一闹，我看维姬的眼神便多了爱慕。

第二天，我先带了维姬几乎穿越整个深圳市区，又去国贸顶楼旋转餐厅吃晚餐，告诉她关于国贸的故事。吃完饭，再带她去了购物公园酒吧街。不要介意我处处提及酒吧，酒吧文化基本渗入了每一个欧美人的生活，比中国人的茶文化有过之而无不及。在 LAX 酒吧（现在叫西西里），我和维姬喝酒狂欢到凌晨二点，许多酒客被维姬的靓丽所吸引，加入了我们的狂欢阵营。我和维姬亲密无间，酒客对我纷纷侧目，亦妒亦羡。我喜欢这样的感觉，飘飘然像是张开双手就能飞起来。

从酒吧出来，我又带维姬去了皇岗村的大有利茶餐厅宵夜，我告诉维姬，这是深圳最地道的茶餐厅，可以吃到深圳地道的点心。我恨不得让天不要亮得太早，可以容我把所有深圳最好的东西都展现给维姬。维姬也给了我同样的回报，在出租车上，维姬靠着我很近，我把手伸过去，握住了维姬的手，她没有拒绝，维姬的手凉凉的，手指纤长，皮肤柔嫩，我一直握着，舍不得放开。

为了我和她喜欢的深圳，维姬又延迟了三天回国。三天里，我带维姬走遍了深圳的大街小巷，东西华侨城，大小梅沙，莲花山公园。我们把欢乐洒在了我们涉足过的每一寸土地。

维姬走的那一天，我说好要送她去皇岗口岸的，但她提早起床，自己偷偷走了。她发了一条信息给我，说她不喜欢送别的感觉，说我永远是她的东方情人，说她会一直记着我，让我有机会就去英国找她。

看到信息，我鼻子一酸，赶紧打过去，手机关机。我又赶到皇岗口岸，来回找了几圈没看到维姬，她就这样离开了。

维姬走后，随后几年我去了三次唐卡斯特，这个方圆几公里的小城，正如维姬说的那样，与英格兰南部是如此不同，人们友善豪放，酒吧充斥着大街小巷，每个夜晚都是嘉年华。毫无疑问，我喜欢唐卡斯特，正如我喜欢那个把我称为东方情人的维姬一样。

艾 玛

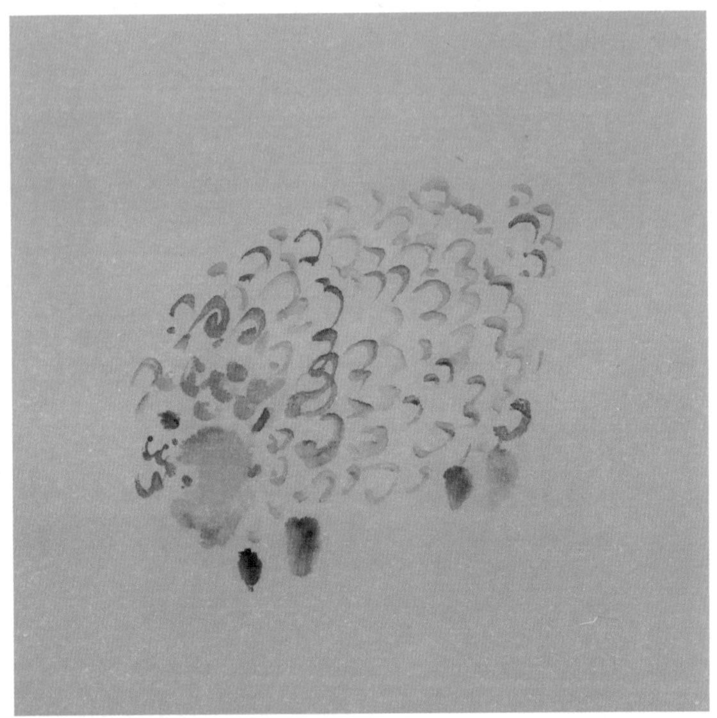

我首次到唐卡斯特时，住在托尼家。托尼是维姬的朋友，四十来岁了，还像一个大男孩，整天无所事事，喜欢喝酒，他靠出租房子过日子。因为维姬的关系，托尼从来没把我当作租客过，我要塞给他钱，他坚决拒绝，我再推过去，他就会生气。但吃饭或喝酒时我总是会抢着买单，托尼倒从不推脱，这样我也会好受点。我私下问过维姬关于托尼的情况，维姬说托尼结过一次婚，夫妇俩有房子车子，还有一个农场，日子过得挺幸福的，不知怎的，后来离了婚，托尼就变成现在这样子了。

我和托尼都是夜猫子，白天睡觉，晚上狂欢。唐卡斯特的街头处处是酒吧，托尼喜欢带我一家一家跑，跟他的朋友们炫耀我是他的中国好朋友，仿佛有我在身边是一件让他很有面子的事情。能给托尼长脸，我也高兴。

维姬在家乡不到一年，又外出闯世界去了，托尼说她去了纽约发展。我在脸书上看到维姬发布了照片，巨大的高层落地窗，背景是璀璨的曼哈顿夜景，看来维姬生活还不错。

托尼的家是一栋三层的老式排屋，是托尼的父母留给他的。在英国，除了大城市有少数高层公寓楼，大部分居民都是做排屋，各有各的门牌和走廊，统一的建筑式样和颜色。近看很小巧，远看很壮观。托尼的房子一楼是厨房和客厅，二楼和三楼是卧室。二楼两个房间，自己住，三楼两个房间出租，光靠租金，托尼过得紧巴巴的。我建议托尼改为背包客旅馆，唐卡斯特尽管不是旅游城市，但客源也不少，往北去就是利兹，过了利兹就是苏格兰；往西是施菲尔德，过了施菲尔德就是曼彻斯特。也有不少去苏格兰或曼彻斯特的背包客们会择一地中转，因为酒吧林立，夜生活丰富，唐卡斯特是最佳中转地。

我第二次去唐卡斯特时，仍然住在托尼家，托尼见到我像见到亲兄弟一样亲热，抱着我转了两个圈才放下。托尼听了我的话，把他三楼两个空余房间各放两张上下铺床，十英镑一个床位，二楼做成一个双人间，二十英镑一个床位。在 BOOKING 和 AIRBNB 上发布广告，每天都有人预订，收入比以前多了几倍。托尼把我的行李拉到他的主卧室里，从储物间搬出一张折叠床铺好，说是特地为我准备的，托尼的细心让我感动。

托尼说请我吃大餐，镇上新开了一家法国餐厅，T骨牛排做得很好吃。我们正说着话，听到有人敲门，房门其实敞开着，我们能看到敲门的人，是一个包着白头巾的姑娘。托尼问，艾玛，有事吗？艾玛说，马桶堵住了。托尼说知道了，马上过去。托尼戴上皮手套，拿了工具，去了厕所疏通马桶。

我打量着艾玛，她向我点头示意，然后转身回了隔壁的房间。我注意到艾玛很漂亮，长腿翘臀，黑溜溜的大眼睛，睫毛又多又长，鼻子又高又挺，脸形中西合璧，有些像迪丽热巴。在法国餐厅吃饭时，我随口提起艾玛。托尼说，这姑娘是土耳其人，刚住进来，据说她有朋友在这里，给她介绍了一个工作机会，她过来看看。我跟托尼打趣说，这么漂亮的女孩，你脱单有望了。托尼说，他可不想皈依穆斯林，还是基督徒好一点。

饭吃到一半，托尼电话响了，他接完电话后跟我说，有客人到，得赶回去安排，现在身不由己，让我自己照顾自己。我说没事，让他自便。虽然托尼没有什么时间陪我玩了，但我还是高兴托尼有了自己的事业。

从餐馆出来，我去隔壁的超市买日常用品，碰到艾玛和她朋友也在买东西，艾玛的朋友也戴着头巾，有些微胖，没有艾玛好看。艾玛也看到我了，她跟我点头微笑算是打招呼，我也回了礼，从她们身边经过时，香味刺鼻，艾玛不涂香水，香味应该是从她同伴身上散发出来的。

旅舍杂事多，晚上托尼也不能陪我去酒吧，只能买了啤酒还有一些花生米、干果和披萨，猫在客厅吃吃喝喝。有些房客也喜欢来客厅，看攻略或者玩游戏，我们很乐意让他们加入。托尼的客厅比以前干净多了，铺了地毯，大家可以直接坐在地上。艾玛也下来客厅，拉开冰箱的门取饮料。托尼约她加入我们，艾玛婉拒。艾玛对谁都是笑脸迎人，我们一致认为艾玛是一个知书达理的好女孩，劝托尼把握机会，不要介意宗教的隔阂。托尼说，宗教不是主要问题，只是我的生活里不能没有酒，而且一天做五次祈祷，也未免太多了。说完耸耸肩，一脸无可奈何状。大家都知道穆斯林不能喝酒，那一副认真的样子把我们都逗笑了。

我在唐卡斯特待了三天，托尼都没空陪我，我也就不想出去，在客厅开了电脑写些东西，帮托尼整理房间，接待旅客，倒并不觉得无聊。早上托尼去超市买食物，我打扫完一楼的卫生，当我拿着拖把去二楼拖地时，发现已经有人擦好了，洗手间和地板都干干净净，连边角和角落也擦到了，没有一丝灰尘，比我扫得更精致。我又去厨房，厨房也一样干净，厨具用品摆放得很整齐，厨房地板也拖了，看不到油腻，清爽了很多。我以为是托尼做的，想不到旅舍给他的改变竟如此大。托尼回来后，我对托尼竖起大拇指，赞扬他是好男人，托尼莫名其妙，待我说明后，托尼否认不是他，他猜测是艾玛，他出门的时候，看见艾玛在厨房做早餐。我对托尼说，你运气不错，找到了一个好房客。要是我是托尼，我不会介意宗教，不会介意戒酒，不会介意一天做五次祈祷，会追求艾玛，一起在小城双宿双飞。

我离开时，提着行李走出房间，托尼在楼下等着送我去车站，艾玛似乎有感应，她打开房门，跟我挥手说再见。

我再次光临唐卡斯特已是两年以后，维姬已经在纽约找了男朋友，落地生根。她本来就是一个专业模特，待在纽约那个世界时尚之都更有利她的事业。托尼依然经营他的背包客旅舍，经济状况好了很多，把以前那辆老爷车换成了高尔夫，上次我让托尼把老爷车借给我去一趟曼彻斯特，托尼死都不肯，从唐卡斯特去曼彻斯特有一百多英里，要经过一片荒原，手机没信号，托尼怕车在荒原抛锚，那就麻烦大了。现在托尼没了借口，那辆银色的高尔夫，我可以随时开它上道。

当我问起艾玛时，托尼说，我走后不久，她就搬走了。我问他搬去了哪里，托尼说不知道。我一阵唏嘘，替他可惜。我们换了话题，继续谈车的事情，托尼说，他同意借给我，前提先把 GPS 定位器装好才行，他总是担心我迷失在荒原里。

GPS 装好后，我独自开着高尔夫，花了两三天，逛遍了北方的一些城市，如波士顿、利兹、施菲尔德，最后到达曼彻斯特。曼城与伦敦风格大不相同，如果说伦敦是大家闺秀，城市建筑大气庄严，雄伟壮观。伦敦街头，行人总是匆匆而过，争分夺秒。而曼城却是小家碧玉，满街都是古式红砖砌的老房子，让人觉得亲切。街上酒吧处处可见，人们都出来喝酒、听歌和看足球比赛。

原本我想在曼城多玩一天，怕托尼担心，便驱车往回赶，回到唐卡斯特已经是晚上九点，恰值周五欢乐时光，路上人多，有些塞车，高尔夫随着车龙缓缓前进，路边几个美女正在挑逗过路的行人和司机，这些站街女金发碧眼，打扮妖艳，她们大多来自东欧国家。我一边缓慢地开车，一边用眼角余光打量她们，突然，我看到一个熟悉的面孔，我吃了一惊，仔细看去，女孩有一头乌黑卷曲的秀发、黑溜溜的大眼睛、迪丽热巴似的脸孔，只是没有戴头巾而已，跟那群浓妆艳抹的东欧女人完全不一样，她竟然是艾玛。

我把车拐进路边的停车场，锁好车，走到街对面，远远地看着艾玛。我看到一个中年男人走近她，交谈了几句，她便跟着男人走了。一个长相丑陋的东欧女人朝艾玛的背后竖起了中指，骂艾玛是婊子。

看到艾玛现在的样子，我心里不舒服，好像总有什么东西堵在嗓子眼。我把车开回托尼的家，我问托尼，跟我说实话，艾玛是怎么回事？托尼告诉我，艾玛来英国就是为了赚钱，据说家里遭了难，需要用到很多钱。托尼又说，是艾玛的朋友告诉他的，他光顾过艾玛的朋友。

听了托尼的话，我心情愈加沉重。在当今世界上，这种事情很常见，特别是中东国家，比这更惨的都不知凡几，国家动荡，受罪的是人民，我们都是凡夫俗子，无能为力。

第二天，我就离开了，因工作调整，去英国的机会少了很多，我再也没有去过唐卡斯特。我和托尼一直保持着联系，托尼最近关闭了他的背包客旅馆生意。我问他有什么打算，他说一直在老家没意思，想出去闯闯。我跟他说，来中国吧，可以在中国当英语老师。托尼对这个提议很感兴趣，不过，最终他还是没来中国。

拉 姆

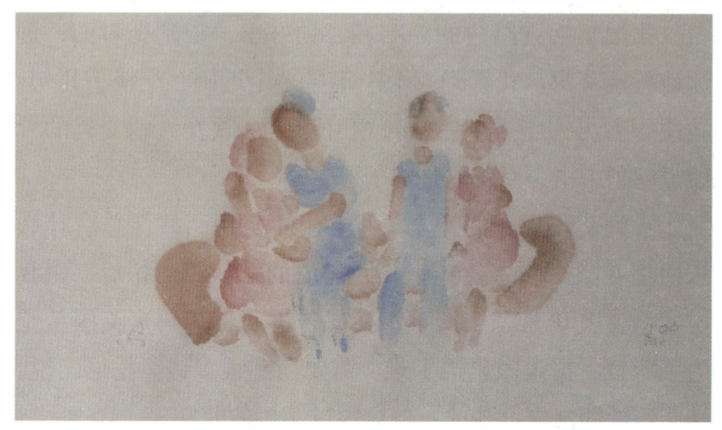

大概有两三年的时间，我经常在新加坡和深圳两地奔波，在新加坡住几个星期，又到深圳住几个星期，我觉得这样下去不行，终究得有个取舍，便跟老板交了辞工书。老板问明理由，知道并不是被人挖了墙脚，只是想回国而已，松了口气，想了个折中的主意：国照回，工照做，其他一切照旧，只是上班地点从新加坡换到深圳而已。折腾来折腾去，我还是没有脱离新加坡那张网。不管如何，我把新加坡租的房子退了，去大华银行申请开通境外网络转账功能，带了一个简单的行李箱，回了深圳。

刚刚在深圳安顿好，就收到托尼用 WHAT'S APP 发的信息，他说他到了泰国普吉岛。我问他什么时候来深圳，我安排时间去接机。托尼的回答让我吃了一惊，他说他决定在普吉岛长住，暂时不打算来中国，让我有时间去普吉岛玩。

我问他发生了什么事，他说我过去就知道了。

怎么托尼突然就到了普吉岛，我心里打鼓，想知道在托尼身上到底发生了什么。我每次去英国，托尼都尽了地主之谊，这次他来亚洲，我也不应该坐视不理，一连几天都在想这事，最后我还是决定去普吉岛一趟。

托尼算准了我会过去，一见到我，便走过来跟我拥抱。跟托尼一起接机的还有一位小巧玲珑的泰国姑娘，托尼介绍说："她是我老婆，蒂娜。"我又吃了一惊，我捂着心口说："别这样，我的心脏很脆弱。"蒂娜在一边听我们说话，微笑不语，蒂娜皮肤有些黑，但五官精致，是越看越耐看的那种类型。

托尼把我的行李箱搬上车，那是一部丰田卡罗拉，七八成新，托尼说是租的，两千泰铢一天。我坐副驾驶位，蒂娜坐后排，托尼凑过头，在我耳边悄悄说，老婆也是租的。我一脸愕然。

托尼租的公寓位于芭东区邦古拉街，公寓向街，两室一厅，设施齐全，托尼让我住客房。邦古拉街是著名的红灯区和背包客聚集区，一到夜幕降临，整条街都是女人或者人妖，寻欢客或者背包客，街上霓虹闪烁，音乐震耳。我问托尼，不嫌吵吗？托尼说他喜欢这样。待蒂娜不在身边，我才抓住机会，问托尼关于租妻的细节。托尼说，他当时无意中进了一个英国的寻欢客论坛，论坛里有一些帖子，介绍了在普吉岛租妻的故事，让他很向往，他已经没有精力去重新经营一段正式的婚姻，又不想虚度光阴，所以把背包客旅馆承包给了别人，只身来了普吉。原来是这样，我释了怀。自从离婚后，托尼的精神总体来说比较消极，能改变一下环境也是好的。

托尼问我有没有到过普吉岛，我说只到过曼谷和芭堤雅，泰国的几大红灯区大同小异。托尼说我错了，普吉的女人不一样，她们不是妓女，她们有感情。他的虔诚让我有些担心，怕他受骗。托尼说，放心吧，蒂娜是个好女孩，在泰国，她就是我老婆，不会骗我的。

蒂娜回来了，她带了一个女孩，女孩比蒂娜要稍稍白净一点，身材更单薄，还是个小姑娘，年纪不超过二十岁。蒂娜介绍说她叫拉姆，刚从乡下来普吉，正在跟她学英语。我跟拉姆说你好，我叫罗杰。拉姆也回我说你好，我叫拉姆，我英语不好，请别介意。拉姆的英语说得结结巴巴，一个词一个词地好不容易凑完这句话，已羞得双脸绯红。我说，不用害羞，学语言要大胆地说。蒂姆也在旁边说，以后要跟罗杰好好学习，不但可以学英语，还可以学中文。蒂姆说完，拉姆面颊更红了。托尼在一边似笑非笑，我突然意识到一不小心中了托尼的圈套了。

托尼开车带我们去芭东海滩吃海鲜，海滩呈半月形，沙面很宽，沙很细。据说是普吉岛最大最美的海滩，海滩的中间位置有一个餐吧，直接面对大海，我们一行要了一张最外面的桌子，听浪玩沙，喝酒聊天，大家都很开心。托尼喝了口酒，感慨地说，这样才叫生活，一辈子都只想这样过下去了。蒂娜说，那我就陪你一辈子，她靠在托尼怀里，像猫一样温顺。拉姆搭不上话，脸上一直保持着微笑，像一个真正的淑女。

我曾经去过几次曼谷和芭堤雅，我对泰国女孩的印象一直停留在一群群站在酒吧外面等客的女郎们身上，泰国的人妖是人间悲剧，而泰国的女孩就是风尘的象征。而拉姆的出现，让我意识到，泰国也有女孩是那么纯洁的。

托尼和蒂娜去玩浪了，剩下我和拉姆。我放慢语速，尝试和拉姆聊天。我问拉姆多大了，拉姆回答说十八。我又问是不是准备在普吉岛找工作，拉姆说，她不找工作，她要学英语。我接着问她，学了英语以后呢，拉姆想了想，才说，她要像蒂娜姐姐一样，找一个像托尼一样的老公。拉姆讲得很慢，语法混乱，但我还是听懂了。我心一沉，一阵悲哀之情袭向心头，似乎正看到一朵纯白的野荷花，正在被污泥淹没。

拉姆看我不作声，以为我误会了。她又急忙解释道："不一定，西方人，中国人，也不介意。"我点点头，告诉拉姆，我明白了。托尼和蒂娜一直在沙滩嬉闹，没有回到座位上的意思，我感觉他们是故意的。我心里有根什么东西卡在那里一样，不想说话，也不知道该跟拉姆说些什么，难道要劝她树立自力更生的价值观吗？在泰国那样的大环境下，她们自小积累形成的价值观已经很明确，没有人能扭转。

托尼和蒂娜玩"累"回来了，他们要带我去夜店，邦古拉街最大的英雄酒吧。我没意见，来普吉岛不玩一下酒吧说不过去。英雄酒吧设在二楼，一楼入口卖酒券，一人至少要买五百泰铢酒券才能进去，因为酒吧火爆，入口已排起了长队。我让他们跟着我，径直走到无人排队的 VIP 柜台，掏出信用卡，直接订了一瓶黑方威士忌，两瓶香槟，托尼请我吃饭，我得请喝酒。付的钱多，待遇也就不一样，我被安排在楼上正对着舞台的大卡位。看着台下人头攒动，许多欧美客手握一支啤酒，到处找位跟人搭台，我优越感油然而生。

英雄酒吧的时尚DJ们的确是高手，他们仅仅用手下的控制键盘就能挑起一阵阵的高潮，托尼和蒂娜故技重演，把我们丢在卡座里，又跑去跳舞了。我看他们从一个台跳到另一个台，他们的身形贴合在一起，忽前忽后地随着音乐急剧地扭动，我惊异于托尼竟然变得如此疯狂，活力十足，激情四射，托尼变得年轻了，像是才二十几岁。我知道，这都是蒂娜的功劳，只有女人能如此改变一个男人。

他们在跳舞时，我靠在卡座的沙发上面胡思乱想，拉姆挽着我的手臂，猫一样温顺地靠在我肩膀上。

第二天，我和托尼说，我要回深圳。托尼很惊讶，不停地问我为什么，说我和拉姆相处得很好，为什么要走？我推说家里有事，没有跟托尼说出实情，怕伤害托尼的自尊。其实只是因为我实在没法享受这种交易而来的感情，而且怕有一天，不知不觉就陷进去出不来了，就像现在的托尼一样。